中宣部 2020 年主题出版重点出版物

明月照深林

——一个发生在浙江宁海关于艺术振兴乡村的故事

浦子 著

作家出版社

图书在版编目（CIP）数据

明月照深林／浦子著 . -- 北京：作家出版社，2020.9
（脱贫攻坚题材报告文学创作工程）
ISBN 978 – 7 – 5212 – 1089 – 7

Ⅰ.①明… Ⅱ.①浦… Ⅲ.①报告文学 – 中国 – 当代
Ⅳ.①I25

中国版本图书馆 CIP 数据核字（2020）第 147996 号

明月照深林

作　　者：浦　子
责任编辑：史佳丽　李亚梓
装帧设计：意匠文化·丁奔亮
出版发行：作家出版社有限公司
社　　址：北京农展馆南里 10 号　　　邮　　编：100125
电话传真：86 – 10 – 65067186（发行中心及邮购部）
　　　　　86 – 10 – 65004079（总编室）
E – mail: zuojia@zuojia. net. cn
http: // www. zuojiachubanshe.com
印　　刷：北京玺诚印务有限公司
成品尺寸：170 × 240
字　　数：151 千
印　　张：11.25
版　　次：2020 年 9 月第 1 版
印　　次：2020 年 9 月第 1 次印刷
ISBN 978 – 7 – 5212 – 1089 – 7
定　　价：38.00 元

目 录

引 子

政府大院的昨天

这个院子有好多话可说。

那一天一枚叶子掉下来，竟然与上千年的历史有关。那个人一不小心，就踩着了那位古代县令卧过的犹有余温的泥土。

这个院子是浙江省宁海县县委与政府的驻地。最早的时候叫衙门。西晋太康元年（280）建县后，衙门或政府大都在这里办公。目前，宁海县地处宁波最南部，濒临三门湾、象山港两大港湾，陆域面积 1843 平方公里，海域面积 275 平方公里，户籍人口 63 万，有 18 个乡镇（街道）。

这个院子影响了宁海历史 1700 多年。

我是 1995 年 2 月进入这个院子的。当时《宁海报》复刊，我是它的记者，报社就设在院子的西北角。不久，我就调入县委办公室，再调入县委宣传部，直到 2017 年退休，都在这里工作。

庭院深深，古树葳蕤，是我的第一个感觉。

院子里目前有县委办公楼、县政府办公楼、人大政协办公楼、县纪委办公楼，加上原来的档案局大楼和食堂楼，一共五六栋楼房。衙门时候的建筑眼下不见了踪影，唯一留下来的是满院的树木。大部分是上百年树龄的，那些成百上千年松鼠前辈遗下的子孙，成天在这里爬上跳下。有些龇牙咧嘴，有些忸怩作态，有些嗞嗞尖叫，有些安安静静，但我没有看到任何一只松鼠不友好。这里边上班的人脸上都带着微笑。微笑是一种人生境界。院子外边的人挺羡慕这种笑的。

县委办公室小楼前的花园里，有一张石头的桌子。石桌的一边刻着"李涵夫立"字样。查了档案，知道这人是民国期间政府的一个县长。传说这人当县长时还是因为亲民、为民，深受当时的县民拥戴，但仍然让当时的蒋委员长骂了"娘希匹"。起因是蒋介石先生视察宁海中学时，看到门口的大北门大道中有不少露天粪缸，有碍市容，不文明。李涵夫将头点得如捣蒜似的，之后忙着整治。李县长的整治可谓有力度，据说将县城内能见到的露天粪缸都通过各种手段搬迁了。但县域以农业种植为民生计，需要人粪。所以，屡治屡现。这个现象直到新中国建立后，仍然如野火烧不尽的草根遇春风再萌生，最终到这个县域转变经济发展方式，工业服务业代替了农业作为主要经济成分，街头才彻底消除了露天粪缸现象，但仍然消除不了其在偏远的山区的踪迹。这是农耕经济的尾巴，是另一种文明的痕迹。

那时候就开始设有一个民众教育馆，却是政府的一个部门，隶属于县教育局，馆长由局长兼任。它承担的不仅仅是对全体县民的文化体育教育，还有农业新技术的推广。启迪民智是这个部门的职责。"民教馆的长官来了"，是那时候农村百姓对这个部门来人的称呼。民教馆的人一下乡，乡间就响起读书声、唱歌声，还有眼巴巴可看可爱的农业新技术辅导。所以民教馆的干部，提笔能写能画，提琴能奏能唱，下田手把手教农民种田。

我还知道宁海历史上有县令数百名，其中最有名的是五代时期的一个陈姓县令，人民都称他为"陈长官"。他因为为民向朝廷抗税，不惜以身殉职，吴越国王钱镠感悟，减去宁海百姓田赋，一条生命换来数万生灵。宁海人民感恩不尽，延续世世代代。

我不知道当年陈长官和李涵夫在哪个屋里办公，但他们留在这里的脚印，犹有余温，历千百年而不消。

他们的冷热就是县域所有土地的温度。

当然有一些虚热，比如"反右""大跃进""文革"等，很多各种名目的工作组、工作队都从这里派出，走向全县农村。幸亏这些都被纠正了。

我在这里，见证的是改革开放后，一些实实在在引发社会进步的事。我所接触过的首位县委书记是项建中，他是县城北扩的主要决策人。当地的老干部曾经对他批准建造宽阔的人民路有所争议，但几年后在因车辆急速增多道路出现拥挤的现状下，转而肯定当年县委决策的前瞻性。

我看到木结构的房子。木地板、木楼梯。1997年8月18日的特大台风灾害后，我在《人民日报》华东版发表了一篇《宁海县不修办公楼建海塘》的新闻，引起了较大的社会反响。县委机关的办公楼十分陈旧了。这座砖木结构的房子还是1955年建的。之前，县级机关的办公用房在原民国时期的县政府及县党部大院内的旧房内。这时的县委书记先是郑瑞法同志，后是陈炳水同志。

已经四十三年的房子成天在响。走楼梯的嘎吱嘎吱和二层楼板上的嗒嗒声。我上班的县委报道组办公室在一层西边，隔了二三间屋子，仍然听得见那架老旧楼梯发出的声音，二楼办公室工作人员踩在楼板上的声音。县委的决定就是从这里发出的：砸锅卖铁，也要把新标准海塘修好了。我目睹现状，很受感动，写了一部长篇报告文学《脊梁》。后来获了全国一个小奖，记得曾去人民大会堂领奖。

这个散发农耕时代特有响声的小楼里，还作出了"生态立县、工业强县"的决定。当时，这个县与邻近的奉化、象山两县的GDP总量基本相同，属于宁波大市经济相对落后的"难兄难弟"。当时正处在以GDP总量大小衡量干部政绩的热潮中。三个县暗暗都想争一个发展的头儿。可这一届的县委班子，毅然放弃单纯的拼经济，发展经济不以牺牲环境作为代价。1996年10月县环保局成立挂牌时，悬挂的巨幅宣传标语是："既要金山银山，更要绿水青山。"

2003年，我在这里见证了，这一年的10月，宁海县通过全国生态示范区创建验收，成为宁波市和浙江省沿海地区首个"全国生态示范区"。2016 年年初，宁海县成为宁波市首个"国家生态县"。

社会反响很大，却不是这一个，而是为了达到这一个目标而进行的各项整治，特别是对于"青山白化"的整治，即对于乱葬乱埋的治理。县里投入 1 亿元资金，居然对"三沿五区"可视范围的坟墓进行了迁移和平毁。嗬，这可是挖祖宗坟的事，不是一般的社会教化行动，涉及上千年习俗和民间信仰。可是，半年过去，全县共迁移、平毁坟墓 16 万穴。最终的结果是，全县的群众改变了殡葬办法，由原来的土葬改为火葬，生态型葬法大行其道，且公益墓区实现了生态化，全县人民与县委、县政府保持了一条心。这一步来得不易，我亲眼看到这一届的县委书记郑金平同志，在这些日子里脸色有些憔悴。

这一届的县委，还在这个院子里做了一件意义重大的事。那就是策划和举办中国（宁海）徐霞客开游节，发起"5·19"为中国旅游日的倡议。

2000 年 6 月 1 日，县委书记郑金平从这里出发，参加宁波市委党政考察团赴云南丽江考察旅游经济。当时的丽江市委书记是个很有文化品位的人，记得《徐霞客游记》的开篇地是宁海县，而收篇之地恰好是丽江。《徐霞客游记》的开篇曰："癸丑之三月晦，自宁海出西门，云散日朗，人意山光，俱有喜态。"

看似偶然得来，其实有其必然之处。因为宁海县选择走生态发展之路，徐霞客这面旗帜为上天所赐。我清楚地记得，这个院子里的会议在那些天经常有旅游界的专家学者出席，这个决定终于从这里作出。2002 年 5 月 18 日至 20 日，首届中国（宁海）徐霞客开游节隆重举行。之后，除了"非典"之年，历年续办。2011 年 3 月 30 日上午，国务院常务会议通过决议，将《徐霞客游记》开篇日 5 月 19 日定为"中国旅游日"。中国有了自己的旅游日。这是一个文明的标志。

一个小县城的倡议和行动，终于影响了整个中国。

我清楚地记得，这一天的中午，消息从北京传来，这个院子似乎沸腾了。我看到那些树枝上跳跃的松鼠，似乎不怕人，接近疯狂的边缘。进入院子的人流突然增大，因为那天下午在县委常委会议室召开首个旅游日庆祝暨开游节大会的筹备会。2019 年 9 月，宁海县成为宁波市首个国家级全域旅游示范区。

2003 年，县域 GDP 突破 100 亿元，首次跻身全国经济基本竞争力百强县之列，排名第 82 位。2004 年，宁海首次进入全国综合实力百强县行列。2019 年，宁海县在全国综合实力百强县排名中处于第 48 位。

林静国同志任县委书记时，影响农村最大的举措是村庄道路硬化工作。即政府出钱买水泥，村民义务投工，全县的村庄道路全部被混凝土覆盖。在一次座谈会上我曾经赞扬过此举，但也委婉提出被覆盖的道路原来是石子路，而石子路是浙东沿袭千年的特色。他当场肯定我的说法，并要求全县农村注意保护石子路，或者在混凝土浇筑路面时，再铺上这些石子。既硬化了道路，为村民出行提供方便，又保护了文化特色。

有一次我在新任县长褚银良同志办公室采访时，他说刚来宁海，却去过一个有特殊保护价值的石头村，即茶院乡的许家山村。我特意去了一次，写了一篇散文《石头王国许家山》，在《宁海报》刊发时，正值县里的两会召开，他特地在报纸上作了专门批示，要全县注意保护古村落，引起全社会较大关注。从此，这一股热潮一直持续。

2014 年年初，处在院子东部的县纪委办公楼，在悄悄构建一个《村级小微权力清单三十六条》，由于工作关系，我经常去这座楼。据县纪委书记李贵军介绍，此举目的是为了建立一套制度，遏制村干部的腐败。县委书记褚银良在主持县委常委会会议时，肯定了这个做法，并很快行文全县农村施行。

其间，我在胡陈乡的梅山村采访，问起村支书这个制度在村里的贯彻施行情况。支书说，此制度虽好，却束缚了村干部的手脚。我说，束缚的是村干部不合规范的行为，避免了干部犯错误，不是很好吗？他点点头，说，按这个制度规定，超过一定数量的项目投资，必须得经过招投标平台，而招投标需要付出经费，这些钱用来项目建设，不是更好吗？我说，在你这个村，由于廉政纪律执行严格，可能不存在干部在项目上的不廉洁现象，可是，全县有这么多的村呢，人的欲望是最难控制的，为这个刚性制度付出一些小钱是值得的。最后，我们握手，握手。

2016年年底，新任县委书记杨勇着力此制度的完善提升，取得明显成效。经媒体报道后，迅速引起较大反响。这个制度被誉为"将小微权力也关进笼子里"、中国社会基层民主政治的理想样本、彻底打通权力运行"最后一公里"、新时代浙江重大制度创新，直到被写入2018年中央一号文件，中组部向全国推广示范。

一个小县城的行动，终于再次影响了整个中国。

一个县，能够做到这个层面上，已经实属不易了。犹如登山，到了常人达不到而且非常令人羡慕的高度。回首看，那些被自己超越了的伙伴们仍在百般辛劳，甩了甩身上的汗水，于是心里有些慰藉。可是，当正过身来往上看时，虽然距离顶峰只是咫尺，却是处处峭壁悬崖，比以往更为艰难。有些茫然，有些无助。因为没有现成的经验，没有捷径。

更上层楼，何其难。

尤其农村。稍有观察眼光的人都清楚，城镇繁华亮丽有活力，农村相对衰败不景气。比起以往，新房子多了旧房子少了，道路硬化平展展的走着舒坦。但由于土地少人口多，依靠传统农业难以脱贫致富，许多青壮劳力外出打工，是广大农村收入的主要来源；新房子里缺少常住人口，致使一些卫生死角频现；虽然村庄治理由于"三十六条"的施行，管理步入正轨，但同样由于人才外出较多，降低了村干部素质，致使管理效率下降；更主要的在于村民群众新农村建设主人翁意识的消解。

这个院子里工作的人，大部分曾经是乡镇的工作人员。县委常委会委员、宣传部部长叶秀高就曾经在胡陈乡和西店镇任过职，面对我的采访，他深情地回忆起他在乡镇的经历。他说，过去的村民，曾经十分热心村庄建设，普遍认为那是为自己的利益，有力出力，有钱出钱，那是本分。那是 2004 年，县里开始村村通公路的建设。但由于政府财力不足，需要村里出资。而村集体经济薄弱，只得向村民筹资。他很感动，家家户户在未经动员未经宣传的情况下，纷纷缴纳集资款。通村公路的工程进展十分顺利和迅速。村民们走在自己出资建造的公路上，脸上满是自豪的神色。

曾几何时，由政府全额投资，帮助村里修建公共设施，比如公共厕所、停车场、道路、公园休闲节点、自来水管道等，都与村民的生活生产密切相关，但村民不配合，不响应，更是不参与。出现了镇、村干部在现场干，村民袖手旁观且论长道短的奇怪现象。如果遇到工程建设需要征地拆迁之事，斤斤计较讨价还价是经常发生的事情。干部在哀叹，很不理解，为什么？政府为大家做好事呢，这到底是怎么了？

还有一个令人心酸的真实故事。每年县域内由于各种原因，总有少数的山林起火。这些山林大都是本地村民的。可是，有些乡镇当山林起火时，冲在前边打火的，往往都是镇乡组织的机关干部和打火小分队队员。这里边就是没有普通村民，或者比例很少。

村民躲得远远的，观火。时不时还要指指点点，甚至取笑奋力打火的人。打火的人往往顾此失彼呢。

火在此刻，正在烧着属于村民自己的山林呢。

一位干部分析，全县施行的"三十六条"，规范了村干部的行为，一些村庄建设项目全部由中标的施工单位进行施工，村民不必亲身参与。但这不是导致村民对于公益事业视而不见的主要理由。

一边是大火在燃烧集体和自己的山林，一边是村民的心里有些冷意。

这些冷，如何变为暖？还不仅仅是冷暖的事。有社会学家指出，这里还涉及农民群众的自身要求，即他们需要的人生尊严问题。农民群众的自尊丢在了哪里？又如何取回？

这个院子里的人，前所未有地焦急着。

那些古树，这些天也前所未有地茁壮。人们看不见的根，扎在这块大地上，上百年、上千年，各有深浅，但一根根在悄悄地吸收营养，供给枝叶。让那些枝叶继续青春着，继续亮丽着。而此刻的叶子仍在风中唱歌，枝条伸向四面八方，枝头仰头问天，似乎都在担心院子里人的担心。

路在何方？

第一章

路在何方　路在脚下

第一节　寻找，寻找，前方道路多条

杨勇看了一下窗外，就与千百年的院子里的情怀接上了。像是通电一样，不，是通了电脑线一般，那里的数据就瞬间传到了脑子里。

这个时刻，是晚上的 11 点。尽管院子里的灯光如白昼般照亮着，可仍然看不到树枝间，从树下爬向树上从枝间跳向枝间的松鼠。

只听到那些声音，那些声音在这里响了千百年了。

那些声响没有停歇过，却越来越响亮。这是 2018 年的 9 月底，他刚从美国纽约的联合国总部回来。窗外的声音，像是鼓点，激起了他内心的兴奋点。他想，历届县委县政府的领导都这样兴奋过。他回想起前几天，美国纽约时间 9 月 26 日晚上 7 时 30 分发生的事。地点：联合国总部"2018 地球卫士"颁奖现场。宁海县，在这里大放光彩。有媒体报道：当浙江省"千村示范万村整治"工程受奖团走上台时，观众席上爆发出长时间的热烈掌声。这可能是"地球卫士奖"历史上受奖人最多的一次，它属于浙江 5600 万人民和各级领导干部，奖项的名字叫"2018 地球卫士·行动与激励奖"。得奖的核心内容，即"美丽环境"到"美丽经济"的转化，见证着"绿水青山就是金山银山"的理念在浙江 10 万多平方公里土地上的生动实践。宁海县是浙江省实践这个理念最成功的区域之一。

近些年，宁海县生态综合效益不断放大：全宁波市第一个国家生态县、国家循环经济示范县、中国天然氧吧；在"大花园"建设中，宁海县美丽乡村建设走在浙江乃至全国前列，荣获浙江省美丽县城试点县和中国美丽乡村建设示范县，位居全国"两山"发展百强县第二。

近些年主要经济指标的增速也是居全宁波市前列的。2018 年地区生产总值突破 600 亿元，财政总收入跨过 100 亿元，工业总产值迈过 1000 亿元，全国综合实力百强县排名第 48 位。

宁海人文底蕴的深厚有值得夸耀的地方。比如有天下读书种子方孝孺、左联五烈士之一的柔石、国画大师潘天寿等名家大儒，还吸引了中华游圣徐霞客来此，并在《徐霞客游记》开篇里记述，东晋道教领袖葛洪来此炼丹养生并遗下众多后裔；数量众多的中国历史文化名镇和传统古村；文化资源十分丰富，是中国古戏台文化之乡、中国婚嫁文化之乡，国家级非物质文化遗产就有平调耍牙、十里红妆婚俗、泥金彩漆、前童元宵行会等；文化创意发展迅速，是浙江省文化产业重点县。

一个县受到联合国的嘉奖，这种殊荣容易使人昏昏然。

可是，他今天的头脑特别清晰。这一切，首先归功于习总书记，习总书记在浙江省委任职时曾经两次来这里考察和指导工作，杨勇想，宁海县最忠实地践行了习总书记的"两山理论"。宁海的成功离不开当年习总书记在宁海的重要指示。杨勇此刻脸上充满了崇敬之情。其次归功于历届县委县政府的领导，归功于全县人民。

此刻，接下来的路应该怎么走？窗外又有树枝乱动的声音。他又转了一下头，看见此刻竟然有了月光，均匀地洒在院子里，十分安静，几乎听得到自己的心跳声。

他想了很多，直到想起乡村振兴这个问题时，他历数了本县的长处和短处：乡村的组织建设、产业化水平包括人才引进相对走在全国前列，而以文化艺术振兴乡村是相对的短板，也有人提出经济是相对短板。他想起副书记李贵军是个思想活跃善于挖掘和引进先进经验做法的同志。闻名全国的《村级小微权力清单三十六条》就是以他为主策划并在全县施行的，这一次，他又率先提出用艺术形式助推乡村振兴。

在文化艺术振兴和经济振兴作为县域农村发展的重点上，杨勇决心与县委班子同志们做到不偏颇，一起选择文化艺术振兴和经济振兴并重。

对，得这样走。杨勇立起来，打开窗子，让院子里的新鲜空气水一般地灌进室内。精神为之一爽。

之后，经几次会议商量，他代表县委拍板确定。2019 年 4 月上旬，在李贵军同志的牵头组织下，中国人民大学艺术学院的丛志强副教授率领第一批团队进驻大佳何葛家村，拉开了艺术振兴乡村的大幕，经济振兴工作也扎扎实实进行。而 4 月 15 日，杨勇调任杭州湾新区管委会主任，县委书记一职由林坚同志接任。2020 年 6 月，李贵军升任宁波市委宣传部副部长。

林坚从杨勇手里接过任命后，如果是一面旗帜，他把它扬得更高；如果是前任种下的种子，破土后他让它长得更为旺盛，并初步结出成果。

林坚在接受我的采访时说："你们作家的形容词总是有些夸张，这也是职业特点，其实这是我的本职工作，再说，杨勇书记在的时候作出的决策，这是集体的决策，我也是其中的一分子。"

有了成绩，就有了压力；登上了山坡，往上的登攀更为艰难。林坚说到这里时，将眼镜的架子往上提了提。

提上了，是为了看得更清。我以为这是潜意识使然。

"您的嘴角动了一下，是笑吗？为什么？"他问。

"嗯，嗯，"我说，"我是潜意识，是为了赞美您的动作。"

他笑起来，说："看来，以后在作家面前说话，得注意保护自己的潜意识，不再妄动。"

他突然说："您在为县里写作新书，体现了作家的家乡之情之爱，但记得，不要光拣好话说，也得说说我们的痛苦。"

"县委书记，"我的疑问上来，说，"也有痛苦？"

"嗯，嗯。"林坚点头，点头。

他每点一次头，我的疑问就少了好多。我才明白，有人说，县委书记的权力大得很。但我此刻的感受是，这个岗位也是个受苦的岗位。细想起来，痛苦确实多了些，都是些普通百姓不了解的痛苦。就比如用人的问题，干部的岗位有限，让谁上？经济发展和与生态的关系处理，社会稳定与经济发展的关系。这些关系处理起来往往让人有些痛苦。再比如眼下寻找乡村振兴之路的痛苦。

有县委书记这样基层的官在"痛苦"着，才有共和国大厦的扎实基础和兴旺形势啊。我点了点头。

"您既然带了主题来采访，我也得说几句是不？"林坚笑着说。

"嗯，是的，是的。"我说。

他说："宁海目前有三块金字招牌很响亮，一是践行'两山'理念示范地，连续两年获评全国'两山'发展百强县第2位，二是发展全域美丽经济的样板区，三是全国百强县。习近平总书记在浙江、宁波考察时发表重要讲话，要求浙江'努力成为新时代全面展示中国特色社会主义制度优越性的重要窗口'。新目标新定位，为我们今后的发展指明了方向、明确了重点、厘清了路径。宁波当好浙江建设'重要窗口'的模范生，重中之重是要在各方面起典型性、先进性、示范性作用，为'重要窗口'建设提供更多的宁波元素、宁波经验、宁波案例。宁海是宁波的一个县，责无旁贷。看宁海的经济形势，政府有足够的钱，将村庄全部建成城市。可是，保护中国乡村是我们的责任。因为乡村是乡愁的寄放地啊。如何让乡愁留得住？艺术，只有艺术。艺术和乡村，直观感觉上一个'高雅'，一个'乡土'，怎么走到一起？我想用两根纽带把它们联结在一起。一方面，艺术是乡村振兴的催化剂。总书记把'文化振兴'作为乡村'五大振兴'之一。我县作为全省乡村振兴现场会以及前几天全国法治乡村建设工作会议的举办地，乡村建设工作置于聚光灯下，既是鼓励，更是鞭策。如何用艺术在实践中联结资源、催生创意，撬动乡村产业升级、环境优化与文化发展，是我县更高要求打造美丽乡村升级版、乡村振兴示范区的突破口之一。另一方面，乡村是艺术创新的源泉。艺术源于生活。推进艺术振兴乡村工作，既能为艺术家提供贴近基层、贴近群众、贴近实际的创作平台和实践基地，又能借助艺术家的力量，放大我县深厚的历史文化优势，繁荣群众文化发展，不断满足群众对美好生活的向往。所以，我让大家不要把这件事看小了、看浅了，而是要看高了、看大了、看深了，思想上正确认识，行动上精准有力。"

"这个工作，多写写我的同事与全县搞农村一线工作的同志，尤其是李贵军同志，他是这个活动的策划者，我只是决策者。还有县委宣传部，好多工作都是他们在协调和主抓，政府分管三农工作的副县长沈纡丹，对，还有县农业农村局、住建局、县文联、县妇联等部门，包括了各乡镇街道、村。"他最后说，"对，县里的重大工作，都是多部门联合的。"

李贵军望了窗外一眼。

"没有想到，会有这样好的反响，"他说，"我和同志们只是选择了一条路。"

2020年4月8日下午，我在采访李贵军的时候，他这样说。

我也转首望了一眼窗外，那高高的水杉上，有一只松鼠正从一处枝丫跳到另一处枝丫。

我看他五十刚出头的年纪，两鬓已经斑白，但是精神依然矍铄。2011年他刚从外地调入这里任县委常委会成员、纪委书记的时候，我记得白发很少。在纪委五年，转任县委副书记四年多，头发就变成现在这样。

这些白发是心血浇灌的。

他摇摇头。他总是这样谦虚地摇摇头。我懂，在这里在这时摇头，也不仅仅是谦虚。

在县纪委任职期间，他成天查案子，最多的还是村级干部犯纪律的案子。量小，面广。有人称这是苍蝇式的腐败案子。如何惩治？如何教育？如何制止？这里边就有三条路。但惩治是治表，教育为辅助，制止才是治本。虽然加大惩治力度，也能起到杀鸡儆猴之效，廉政教育让干部增加道德约束感，但仍然不能从根本上杜绝。因为，欲望无处不在，有惩治和道德约束到不了的地方。故欲望也是最难控制的。剩下的路，只有制止这条路。可这条路，也有无数选择。他与同事们找来找去，在借鉴外地经验的基础上，他们终于找到了一条路。

通过大量的调查研究，他们把村级治理分为三大方面：一、重大决策类权力；二、日常管理类权力；三、便民服务类权力，都以清单形式向全村百姓公布，并以法规的形式（一共三十六条）约束权力的实施。这个清单充分体现了全体村民的公共意志。

华盛顿说，谦卑地使用权力。而中国浙江宁海的农村干部，在《村级小微权力清单三十六条》的约束下，合法合规合理地使用权力，使得村级治理出现了前所未有的秩序和活力。之后，被写进 2018 年的中央一号文件向全国农村推广。

李贵军在 2016 年年底转任县委副书记后，仍在继续抓《村级小微权力清单三十六条》在农村的施行，但工作的重点放到了"三农"、政法、群团等更为繁重的工作上。当我采访时，他回忆起刚转任不久，就发现文化越是落后的农村，村干部的廉洁越是成问题。

此刻，他才将县纪委主抓的廉洁问题与文化艺术联系在了一起，从而，让他发现艺术振兴乡村希望的曙光。

"三农"工作如何抓？乡村振兴的路到底在何方？

他打开了一页。

第二节 找一条路出来的概率有多少

李贵军翻开的一页是中外近代乡村建设历史的一页。他的这双手现在不代表他自己，他说，他只是奉行自己的职责。县委主要领导作出的倾向性指示，自己则是朝那个方向在晚间行走的探索者。

火炬是振兴乡村的理想。

在日本的载体叫作"一村一品"运动。它最早出现在 20 世纪 80 年代初的日本，由当时日本大分县知事平松守彦发起，其经验成了许多国家效仿的模板，并且在世界一百多个国家和地区生根发芽。

这个运动居然由一个人发起，却造福世人，连对中国实施乡村振兴战略也具有一定的借鉴作用。李贵军不由得深感肩上的压力。他细细地阅读整理中外文献，结果发现：日本的"一村一品"运动理论研究与实践探索并行、相互补充促进，人的培养和振兴是其核心和灵魂。近些年，国内各地包括宁海县也有借鉴引进开展类似活动的，且也取得了较好成绩。借鉴日本和中国"一村一品"运动的得失，他认为中国在乡村振兴建设中，在理论上需要构建起中国特色乡村振兴理论体系，这一点很重要。现在，国内对于"一村一品"运动的普遍定义，是指在一定区域范围内，以村为基本单位，按照国内外市场需求，充分发挥本地资源优势、传统优势和区位优势，通过大力推进规模化、标准化、品牌化和市场化建设，使一个村（或几个村）拥有一个（或几个）市场潜力大、区域特色明显、附加值高的主导产品和产业，从而大幅度提升农村经济整体实力和综合竞争力的农村经济发展模式。结合了国内外专家的观点，他认为，在其实践中，需要围绕"人的精神振兴和创新"，以产业兴旺为突破口，最终实现自然、人、社会、城乡等要素的同步和谐可持续发展。

日本还有一个世界闻名的"大地艺术节"。打的是用艺术拯救农村的旗号。

"越后妻有大地艺术祭（节）Echigo-Tsumari Art Triennial"，是由日本新潟县十日町市政府主办，著名艺术策展大师北川富朗先生发起并担任艺术总监，以越后妻有 760 平方公里土地为舞台的，集合了世界上顶尖艺术家的作品，堪称"没有屋顶的美术馆"，是当今世界上规模最大、水准最高、影响力最广泛的国际性户外艺术节。三年一届的"大地艺术节"创始于 2000 年。

大地艺术节的主旨是用艺术来拯救农村，利用越后妻有地区保存完整的文化景观来激活农村经济。艺术家主要从当地保存较完整、覆盖面积最大的自然风景"里山"和梯田景观寻找创意灵感，进而兼顾促进当地传统产业再生，最大限度发掘地方资源，以艺术的形式唤醒地区活力。

艺术家在创作在干活，农民在一边看，是这个艺术节最大的弱点。国内多地引进了这个装置艺术活动，也引起一些反响。

而国内的乡村振兴在上世纪的 30 年代就开始了。代表人物有梁漱溟和晏阳初。

梁漱溟（1893 年 10 月 18 日—1988 年 6 月 23 日），中国著名的思想家、哲学家、教育家、社会活动家、国学大师、爱国民主人士，主要研究人生问题和社会问题，现代新儒家的早期代表人物之一，有"中国最后一位大儒家"之称。梁漱溟受泰州学派的影响，在中国发起过乡村建设运动，并取得可以借鉴的经验。他一生著述颇丰，与乡村建设有关的著作就有《乡村建设论文集》《乡村建设大意》《乡村建设理论》等。专家经考察研究后认定，梁漱溟 1928 年就在河南进行过短期的村治实验，1931 年又来到山东的邹平，进行了长达七年的乡村建设运动，后来实验区逐步扩大到全省十几个县，在海内外产生了深远影响。

李贵军设法搞到了一本他的著作，竟然是梁漱溟的《乡村建设理论》，封面有些泛黄，亏得是里边的文字十分吸引人，这到底是国人在近百年之前的思考。此书 35 万字，分甲部和乙部。甲部为认识问题，乙部为解决问题。书后附录有《我们的两大难处》一文。在认识问题部分，主要是从历史学的角度和以文化社会学的分析方法，来观察、分析中国社会结构及文化传统性质的，它作为乡村建设理论的依据和乡村教育思想的基础；在解决问题部分，主要阐述乡村建设必须依靠教育手段，通过社会组织的重建和现代科学生产及生活知识的灌输，来解决中国的政治问题和促进农业经济的复苏与振兴，使中国逐步过渡到真正以民为主的现代国家，并由农业化过渡到工业化。

通读全书，他将梁漱溟在书里的主要观点作了小结：一、注重农村文化建设。二、以"乡村人自身的力量为主"。三、注重农民和知识分子相结合，重视科技教育。四、注重推进农村的民主化和组织化进程。

晏阳初（1890年10月26日—1990年1月17日），别名晏遇春，四川巴中人，中国平民教育家和乡村建设家。著有《平民教育的真义》《农村运动的使命》等。

研究者认为，晏阳初的平民教育运动分成两期。早期时，他认为中国的大患是民众的贫、愚、弱、私"四大病"，主张通过办平民学校对民众首先是农民，先教识字，再实施生计、文艺、卫生和公民"四大教育"，培养知识力、生产力、强健力和团结力，以造就"新民"，并主张在农村实现政治、教育、经济、自卫、卫生和礼俗"六大整体建设"，从而达到强国救国的目的。后来，他逐渐认识到中国的平民教育重点在农民的教育。他的"平教会"因此设立了乡村教育部。经历了两年的实地调查，选择河北定县作为平民教育的实验试点。1926年他与志同道合的一批知识分子来到定县翟城村，推行他的乡村教育计划，提出以"学校式、社会式、家庭式"三大方式结合并举，"以文艺教育攻愚，以生计教育治穷，以卫生教育扶弱，以公民教育克私"四大教育连环并进的农村改造方案。

晏阳初的平民教育目标中，有两个字享有极高的地位，这两个字便是"自"和"力"。他希望通过平民教育全面调动平民自身的积极性和自身的力量，来进行乡村建设和乡村改造，政府官员及平民教育会的人员，只不过是引路的人。

李贵军给晏阳初平民教育梳理出至今仍可借鉴的五个意义：一是自尊自信；二是自救自治；三是自觉自强；四是自给自养；五是自卫自保。

李贵军对早在上世纪 30 年代就参与乡村建设的先贤们肃然起敬，渐渐地，心里的那束曙光更亮了一些。

在县委大楼的第一层，县委宣传部，我采访了叶秀高部长，那是 2020 年 4 月 7 日下午。阳光正明媚，我对着窗外拍了一张照片，院子里的这些古树披上了一层金灿灿的光，似乎都变得透明了似的。

叶秀高看了一眼窗外的古树，然后回忆起近些年的历程，特别是值得关注和焦虑的事。

县委宣传部的主要职能是县委主管意识形态的综合职能部门，里边有一个很重要的工作就是精神文明工作。通过努力，宁海县已经取得精神文明工作的很多成果，好多领域出现了全国、全省的先进个人和成功的经验典型。可是，叶秀高以为，与全国各地一样，精神文明建设的重点都在城市，而广大的农村地区，虽然这些年在移风易俗婚事新办、丧事简办、农村文化礼堂建设、荣誉体系建设等方面走在全省全国前列，这项工作的重视程度和力度，以及有效的抓手选择，都不如城市。

如何向农村倾斜更多的力量，如何将目前农村地区精神文明建设的层次和境界向上提升，突破口在哪里？有效的抓手在哪里？县委宣传部因此做了许多具体的探索和求证，包括引进外来先进经验和符合本地区工作实际的方法。

在采访县政府分管"三农"工作的副县长沈纾丹时，她的第一句话就是：宁海县的农村地区在宁波名声比较响亮，因为幸福指数高。

我对她竖起了大拇指。此刻，我们同时向窗外看了一下，院子里最大的一棵香樟就在窗前，巨大的树冠散发出樟树特有的芳香，弥漫在周围。

深呼吸，这是下意识的动作。谁也无法阻止在这里打开自己的肺腑。

在2016年年底调任副县长之前，沈纡丹在别县的乡镇工作了好多年，十分熟悉当前的农村工作，尤其是宁海县"三农"工作的长处与不足。她说，农业永远是国家的压舱石，农业稳，国家稳。她最担心的是农业抗风险能力，以及村级治理。而村级治理离不开人。村干部的积极性和创造性已经被《村级小微权力清单三十六条》调动起来，更为重要的是，提升和唤起广大村民群众建设新农村的主人翁意识。

这个有效的载体或者抓手是什么？县里的领导在思考，在寻找，她也在苦苦思索。她是政府班子里较为年轻的一个。多思多想，并付诸实践，是当代年轻人的特点。

"找到了吗？"我问。

"找到了，"她笑着答，"但不是个人的力量，是在县委集体领导下找到的。"尽管她在里边起了作用，就如一盆熊熊燃烧的火焰，个人的作用就是一根能燃烧的木炭。

县妇联主席林红说，妇联系统在宁波市妇联统一安排下，这些年一直在寻找振兴乡村的路。从创建"清洁庭院村"到"美丽庭院村"，再到"乡愁庭院村"，一个台阶一个台阶稳步地走。那一天在大佳何的葛家村采访，巧遇宁波市妇联主席顾卫卫。顾卫卫与我是多年前的同事，时光在她脸上留下的只是更加聪慧。她说："我们虽在城市，却心系乡村，我们在不断探索有效的载体。"

县文联主席刘尚才一直在做艺术振兴乡村的事。看到我的时候，他如数家珍说着本县艺术家的事。如何真正地结合，如何发挥更好的作用，他一直在尝试和实践。

县农业农村局的潘海东说："'三农'工作的范围十分宽泛，载体很多，振兴乡村是我们的目标，我们一直在寻找捷径。十分难，难也止不住我们的步伐。"

县住建局副局长裴美娣对我的来访十分欢迎。我问："住建局不是搞城镇建设吗？如何与乡村搭上了。"她说："我在搞一个'省级美丽宜居示范村'创建，您说是不是有关系？"我笑着答："这条路走的人多了，就宽了。"

岔路镇党委书记郭青的脸色有些严峻，她说："我们镇王安片一个村庄，春节过年时热闹得很，年一过，冷水冰清，只留下二十几个人。我们想着要把村民喊回来。"我看见她的脸色此刻渗进一丝丝的光色。那是希望之光。

第三节　一拍即合，在于殊途同归

这个院子里的事暂且按下不表。只是说距此 1000 多公里的北京城，有一个十分有名气的大学：中国人民大学。大学里有一个艺术学院，艺术学院有一个副教授——丛志强。

什么叫心有灵犀一点通？这就是。不，这里是"心有灵犀千里通"。

丛志强，中国人民大学艺术学院副教授，硕士研究生导师，清华大学美术学院博士，艺乡建创建人之一，国家一级美术师。主要研究方向为设计生态、艺术振兴乡村、传统手工艺创新设计、品牌建设、艺术与乡村旅游。学术代表作《消费主义语境下当代中国设计生态研究》。主要教授课程：广告设计、包装设计、书籍设计、创意思维、创意色彩及设计基础等。

2020 年 5 月 1 日，在我微信语音采访他时，他说："我是农民的儿子，我有一个梦想，就是设计推动乡村内生发展。"

可这是一个动态的认识加深的过程。

日本的大地艺术节在世界范围打响后，作为同行，丛志强也为日本艺术家庆幸，这个装置艺术从城市搬向了农村，在广阔的天地里让艺术与自然结合，从而产生了艺术从未有过的轰动。他甚至于也有这样的冲动，找一家合作的地方政府，也轰轰烈烈地干一场类似的装置艺术。可是，当他带领学生走过全国很多的乡村后，再看境内外的艺术资料，他的思想悄悄发生了变化。

一个美国顶尖设计师的真实故事引起了他的兴趣。故事里的美国同行是个富有爱心的设计师，他前往非洲，想为当地贫穷的农民做一个艺术品。他带着助手走遍了沙漠村庄的每一个角落。农民在耕种，做一些简单的生活用具，自食其力，生活非常贫穷。在这样贫困的村庄里，家家户户也有某些食品或者用具多余，尽管是少量的，但全部积聚起来总量也是巨大的。艺术家想了很多，包括装置艺术。他想在村庄里用艺术装点气氛，引来外地人流的积聚，从而带动旅游和经济。于是思来想去，设计师那一天干起来，在本地村民帮助下，在许多村庄相对集中的位置，用当地最普通最廉价的材料，建了一个虽然简陋却足以抵挡风吹日晒雨淋的农贸市场。农贸市场开业后，各个村落的农民纷纷将家里仅剩的农产品和生活用具拿进市场交易，也引来好多外地商户。设计师的设计，改变了农民的生活方式，更重要的在于引起市场交易概念，这一带的农民渐渐走出了贫困状态。

德国有一个艺术家参与让一个古村落脱贫的故事。德国的这个村庄是处在符腾堡州的 Achkarren 葡萄酒村，拥有 950 多年的历史，曾经凭着优越的地理位置和丰富的自然资源条件，成为德国十三大葡萄酒产区之一巴登产区的传统酿酒村庄。进入当代，该地区人口自然增长率下降，年轻人向往大城市生活，村里因此老人孩子妇女居多，随之土地荒芜、传统技艺后继无人，在城市化的浪潮中面临衰败。参与古村改造的艺术家建议，重塑村民的内生动力，即地方文化认同，增强村民的凝聚力、归属感和自豪感。首先，将拥有几百年历史的村庄教堂广场以及中心街道打造成村庄节庆活动以及居民日常交往和聚会的场所，对 Achkarren 村内部具有传统风貌的老旧民居进行保护和修缮，最大限度地保留乡村原始意象。其次，根据村民需要，对一定数量的废弃、空置公共建筑通过功能整合的方式进行改造，如将市政办公、幼儿园、多功能中心等功能在建筑综合体中进行功能整合，并加入乡村俱乐部等新的功能。最后，为了展示葡萄酒村的文化和历史特色，将废弃的谷仓改造为葡萄酒博物馆，使之成为 Achkarren 村庄观光旅游的亮点。又建造了旅游配套设施，除了三家酒店外，配备了农家民宿，附设厨房、厕所、浴室的乡村旅社以及可供出租的公寓。从此，游客慕名而来，外出的村民纷纷回来在家门口就业。一个村庄就活泛了过来。

一个台湾土沟村的故事。土沟村位于台南市后壁区，同样遭遇了世界城市化浪潮下农村被抛弃的命运。可是这里有幸有一个土沟农村文化营造协会，还有入驻的台南艺术大学建筑艺术研究所社区营造组的师生，更重要的还有广泛参与的村民。这三股力量拧成一条绳，扭转了土沟村的命运。文化营造协会是本村青年在 2002 年自发组织的，目的在于深入挖掘本地特色资源与文化，重新唤醒村民对于土沟村的认同感。土沟村的"水牛精神"来源于老一辈村民从事农业生产的历史，得到全体村民的共鸣。南艺团队的到来，让这个精神成为雕塑。在艺术家的指导下，由村民参与制作完成。农民看着眼前的雕塑，笑了，我，我的雕塑！许多村民喊起来，那种自信，那种认同感。许多村民主动将家中废旧牛车等与水牛相关的老物件贡献出来，用于公共空间展示或举办活动的时候使用。在"水牛精神"影响下，村庄的改造大踏步进行，逐渐摆脱了"垃圾村"旧貌，吸引了好多"新村民"入驻。目前，土沟村成为远近闻名的农村美术馆。

一个台湾桃米村的故事。桃米村的衰败是由于 1999 年的"9·21"大地震。村里人口约有 1200 人，一共 369 户，其中 168 户房屋倒塌，60 户房屋半倒。除了财产损失，村民的精神观念受到严重冲击，对发展没有希望。"新故乡"基金会联合暨南大学教授来到这里帮助抗灾，思考的不是回归村子原本，而是借此完成村子的转型。经调研发现，这里拥有非常丰富的生态资源，其中的蛙类品种占台湾原生青蛙种类的 80%，蜻蜓和植物品种也很丰富。在有村民参与的讨论中，以"青蛙共和国"作为生态传播符号的想法终于诞生，在传播上迅速取得成功，桃米村成为网红村庄。村里随处可见在艺术家指导下由村民亲手制作的青蛙造型公共艺术品和手工艺品，不仅带动了当地的手工艺业，且成为生态观光的热点。村民作为讲解员，开设餐饮店、民宿，村民在家门口就业，实现了转型。

作为中国当代的艺术家，到底要走什么道路？丛志强在 2020 年 5 月 1 日接受我的微信语音采访时说："我们会选择'设计推动乡村内生发展'的路。"他接着说："乡村振兴是党中央国务院的号召，不仅仅是政府的责任，应该是全社会的责任，人人有责，一切有爱心的艺术家都有责任，为乡村的振兴奉献自己的力量。而方式和道路的正确选择，让我们的工作更有成效。"

就这样，在 2018 年年底，四处寻找艺术团队的浙江省宁海县的副书记李贵军，从众多的团队里发现了中国人民大学艺术学院的丛志强。

一拍即合。

三国时刘备三顾茅庐请诸葛亮出山也是一拍即合。李贵军寻到丛志强团队也是一拍即合。这里，合是拍的基础，是前提。观念的合，要比脾性的合更为重要。在此之前，有一个知名的上海设计团队来过宁海县，走了很多村庄，却由于双方理念的不同，最后没有留下。

刘备和诸葛亮的结合，影响了整个三国历史。李贵军和丛志强的结合，为什么不能影响宁海县的乡村振兴大业呢？

拍的过程有些波折。但有波折的湖面，肯定有风，有浪，更有鱼。航船驶来时，那些波折，成为象征和陪衬。

拍有力量。代表这个时代的力量。

2019 年 4 月初，丛志强为了与宁海县在这个项目上的合作，首次从北京出发，赶到这里。他的任务，是寻找合适的目标。而李贵军代表宁海县的寻找，也是想百里挑一，找一个宁海人急需的艺术家团队。

在宁海县的所有村庄寻找，先是依靠县妇联。依靠县妇联这些年的美丽庭院建设，了解了那些村庄队伍艺术家驻村的基础条件。

县妇联主席林红带领丛志强团队，在全县一个个村寻找，走了几个村，之后走入大佳何镇。先走的是滨海村。村里屋宇气派，鲜花盛开，人气鼎盛。林红用目光询问丛志强。

丛志强摇摇头。

后来，林红知道了丛志强的选择。丛志强认为，这里的优越条件，全国95%以上的村庄比不上，而他的选择标准，不是锦上添花，而是雪中送炭。尽管锦上添花要比雪中送炭容易得多。

好一个雪中送炭。体现了中国高等院校知识分子的抱负。

最后，丛志强在这个镇的葛家村驻步。那天下午，他们只是走了一条路。这是村庄里最差的一条路。一排排的老屋，还有倒塌或将塌未塌的屋。各个年代都在这里留了痕迹。最老的是民国期间建的，建国后各个时代建的皆有。处处可见的垃圾和简易厕所发出难闻的气味。这里人迹罕至，老年人居住较多，按照丛志强的测算，这个村的现状，与全国75%的村庄相似。如果把葛家村改变了，他的成功经验推广面，要比滨海村大得多。

这里面，虽然藏着丛志强心里的小九九，却包含了中国高校知识分子胸怀天下的大。

第二章

万事开头　柳暗花明

第一节　走过来，又走过去

丛志强出现在葛家村。

历史定格在 2019 年 4 月 5 日。这事发生在世界东方中国浙东的一块土地上。

丛志强背了一个双肩包，一身旅行装束。这些都没有引起村民的诧异。

他戴着眼镜，一对招风耳，瘦削的白白的脸上，下巴上偏偏蓄了短短的黝黑的胡子。村民就盯着他的胡子看。当然，村民看他时，他可能都没有注意到。

目光无处不在。堪比上帝和佛。

"猢狲一样！"

这是 70 岁的村民葛得土对他公开的评价。这也是村民第一次发声。丛志强也听到了，却听不懂方言。丛志强对葛得土笑笑。

他将对方的说话当成善意的表达，却不是。当地方言保留大量古音和用词，猢狲是古代人对猴子的称呼。葛得土是将眼前的丛志强看成是一个形象不佳的外地人，而且，他心里还把他当成拐子，即骗子。

为此事，我还专门采访过葛得土老人。他承认当时说过，只是丛志强教授听不懂，否则会很尴尬，人家到底是外来客人，这样说，无论如何显得粗俗和没有礼貌。而这里是明代大儒方孝孺的故乡，礼仪之乡啊。

但问题的症结不在这里。

因为知识分子在乡村百姓的印象里，端庄大方是首要。年纪稍大的一些村民，都看见过"文革"之后"上山下乡"来村里的知识青年，简称知青，这些人大都是高中毕业甚至初中未毕业的城里人，称不上知识分子。而这些人到来之时，有蓄长发的、穿喇叭裤的，与乡村人迥异的，村民表面客客气气的，心里有些厌恶。知青们为了与村民走得更近一些，马上将头发剃短将喇叭裤藏起。知识分子在村民中的印象，是称呼"先生"或"老师"的人。民国时期穿了长衫，新中国成立后穿了中山装，后来穿上了西装。据村里老人说，以往私塾里的先生都在下巴上蓄了胡子，像是山羊胡子。因为先生需要捋须摆首作诗吟诵。

但这位外地来的老师，蓄的胡子却不是山羊胡子。

我没有在采访时问及丛志强胡子的事。我在城里见过好多这样的胡子。我想这可能是时尚，是对于过去"先生"的致敬，比如服装设计里的复古风。复古，不是原来的古。这才成了时尚。

我考察了大学里的好多老师，大都下巴光滑，也有年轻老师让胡子有分寸地长起，尤以艺术院校的老师较多。

注意，这是时尚。就这样走进了葛家村。时尚与传统或者土得掉渣的村庄村民接触，如同耀眼鲜花和本初大地的相逢。

注意，这多少体现了中国当代知识分子与偏僻山村农民的认知态度。知识分子以自己的体面，走进山村；农民以淳朴的审美，指点评判时尚。

而有距离，是改造改变的前提。事实证明，这里的改造改变不是单向的。

丛志强向镇村两级提出的要求是，先上课培训，再行艺术改造。我为此事采访了镇村相关人员。他们认为上课可以，可召集村民难。因为眼下的村民除了干部时常开会一般不会参加集体活动，且好多村民在附近的工厂打工，有的在从事相关的经营活动。镇党委书记李文斌说，这是好事，我们得尽全力支持。但他心里有担心。

这个担心在那天一起考察村况，走在那些破旧房屋前时就有了。当时，丛志强向他们打包票，说："你们放心，这里肯定会有全新的面貌。"

李文斌问："怎么弄？拆迁吗？"这些年他在乡镇最头疼的就是拆迁，这个问题被视为继计划生育之后最大的难题。李文斌又问："得投入吗？"这些年政府的财政投入村庄建设好多的项目，钱投了，收效不大，反正政府投了很多，但政府在村民面前出钱出力不讨好。这些恼心事，比比皆是。

丛志强笑笑，说："不会用钱，主要是想转变原来的新农村建设模式。"

李文斌将信将疑。但由于丛志强他们是县里邀请的团队，他有责任配合。

李文斌因此专门赶到村里组织干部开会，分头让他们挨家挨户上门发动和通知。由此，村主任葛太峰、村妇联主任李桂仙等干部的嗓门在村民家里响起。

"开会，培训，给钱吗？"

村干部摇头："那是北京来的大学教授，为你们上课。"

村民也学着村干部摇起头来："不，不，我们不想做学生，要钱。"

"大学老师会让你的家更美，让你的生活更美呢。行，听不进去，给我一个面子行不？算我欠你一个人情，行不？"

只能说是好说歹说，让一些村民下决心应承下来。

第二天，第一次培训会在村文化礼堂召开。一张白白的布如电影银幕一般挂在那里，村民不知道，这叫文稿演示系统，称为PPT。下巴有胡子的男人立在那里，村干部说，他就是中国人民大学艺术学院的副教授丛志强老师。丛志强就看了会场一眼，一群村民，以妇女居多，手里拿着一些活儿在忙着，几十个人吧。有说是三四十人，有说是二三十人。村干部喊了好几声，七嘴八舌的声音才消停了一会儿。

第一堂课上得比较成功。老师讲得仔细，村民听得认真。老师是抱着一颗爱心来的，村民是觉得有新鲜感，从内容到讲授的大学教授，他们从未经历过。

一幅幅图片在投影幕中展示，一句句有水准的讲课声从讲台上响起。丛志强自认为自己已经作了充分准备，他没有把面前的村民当成自己的本科生或研究生。他立在上面有一种崇高感。这种感觉与上世纪西方的那些传教士深入中国偏远山村布道时相似。他甚至觉得自己在讲课时，顶上有束光照下来。那光来自遥远无际的天穹。

中国的知识分子代表了人类良心，这是不容置疑的事实。

作为大学老师，他知道教育有一个循序渐进的规律。所以，他耐心地从设计的最初原理说起。说的过程中，他尽量将一些学术专业用词用村民能够接受能够听懂的语言讲述。这同样体现了爱。其次，他的讲课尽量与村民的需求相结合。比如，村民说得最多的要求是"设计有什么用？""设计可以赚钱吗？"，他原来的课件题目是"村民内生动力激发的美丽庭院行动"，在课堂正式讲解前改为"如何用设计赚钱？"，而且课件中增加了相关内容。如村民利用设计赚钱的方式，其他村子中村民用设计赚钱的案例。因为事先丛志强背着包对葛家村进行了调研，所以，他选择了与本村最为贴切的两个案例。一个是台湾土沟村的美术馆，另一个是甘肃石节子村美术馆。两个村在改造之前，基本条件与葛家村十分相近。它们经过艺术家与村民一起改造后，一举成为当地的明星村。不仅告别了落后的村容村貌，还让村民在家门口舒坦赚钱。

然而，课上得成功只是丛志强的感受。连他的三位研究生也暗暗叫好，为他们的导师点赞。他们认为，老师是天下最好的老师，这从善待村民的态度就可以证明。

村民的感受：阳光很热烈。老师很真诚。他们看到阳光无私地透过窗户，洒在文化礼堂空旷的场地上。他们看到老师的脸上，所有的表情，全是阳光一样的温暖。有这样温暖的脸，说什么才是次要的。村民讲的是汉语，却是当地特有的语音，那是地域封闭造成的古音遗留。听见老师在台上讲纯正的北京普通话，村民也没有表示反对。多年的社会环境，造就了他们倾听的习惯。有听得懂老师语音的村民，不多。大多听不懂老师普通话的村民，也捕捉到零星的能懂的话，这归功于他们日积月累地看电视，还有子女在学校学到的说话方式。老师的话，虽然让他们觉得十分重要，但就如乌云之上的阳光。他们理解的，也就是从云层露出的丝丝缕缕的光。村民也很努力，把这些零碎的语言拼接成一个接近完整的认知体系。但也只是少数有灵性的村民对这些知识感兴趣，大部分的村民不感兴趣。有些人不满意老师像对学生一样对待他们，但这不是老师的态度，而是老师的思维模式，把一些本来可用日常用语说清楚的话，非要用研究和学术的语气来说（这里，老师可是做了最大的让步）。有些人对老师"设计可赚钱"的案例有些许疑惑，到底是远在他方的经验，不一定对这里有作用。

这些老师和村民之间的微小差异，很快反映在第二天的课上。上课时，村民人数明显减少。第三天，来的人更少。

这个时候，发生了一些不愉快的事。满腔热情的老师，觉得受了不公正的冷遇，就找村干部。村干部说："难。"老师就说："我可是县委找来的团队。"村干部说："难。"老师说："村民找不到，就找党员。"村干部说："党员也得赚钱养家过日子。"老师的火气就更大。

县委副书记李贵军就接到了丛志强的电话，耐心听他诉说那些难。

"丛老师，您是说得换一个地方？"丛志强听见李副书记这样问。

"不，我不换！"隔了很长时间，李贵军听到这句肯定的话。

在采访大佳何镇党委书记李文斌时，他也说："当时，我也没有办法，如果丛教授说希望换一个地方，我也会支持他。可是，那个时候，我有一个悄悄的提醒，让他别注重上课，得给村民做一个艺术品，意思就是：露一手真功夫。"

在采访丛志强时，他也说："遇见上课的冷遇，我想，该是转换一个思路，东方不亮西方亮呗。"而这，恰好与传统的民间思维保持一致。

是骡子，还是马，拉出来遛遛。尽管这是北方人的表述，他相信，这个观点，在南方的宁海县也行得通。

第二节　石头的椅子软软的情怀

丛志强依然在葛家村，走过来，走过去。

他觉得周围的空气，都有些紧张。仿佛透明的玻璃，稍一用力，就会破碎。

村庄处在宁海县著名的茶山山麓，600多户，1500多人，四周的山形成了一个山岙，名为莘东岙（石门岙），村南有一条石门溪自东南流向西北，是一条典型的回浦之水。村西小溪流环抱，称"两蛟夹水"。东南有海拔753米的笔岩尖山，南有飞凤山腾空展翅，西有龟山探头窥视，北有牛山守镇。它是村庄的先辈仁者乐山，智者乐水的理想寄托处。听驻村第一书记王荣恩说，他爬上过周围的山峰，从山岙望葛家村，就是一只朝西飞的凤凰。丛志强没有上过山，却知道山上有很多毛竹、树木，知道村庄旁边的石门溪里有无数卵石。一个老人出现在他的视线里。他叫葛为春，80岁了。常常看见他在溪滩上走动，将眼前喜欢的卵石捡起，带回家去。后来才知道他的妻子30多年前淹死在溪里。这些卵石就带着他无限的思念和爱。

有一天丛志强突发奇想：山上的竹、树都是硬的，溪上的卵石是硬的。但风轻易吹过竹和树，溪上的水轻易流过卵石。风和水都是软的。

硬与软的关系，不仅仅是哲学关系。丛志强找到了克服目前困难的办法。他决定就从竹、树、石入手。与葛为春对待卵石的态度一样，丛志强用爱对待村里寻常的资源和材料。

文化礼堂前的空旷之地，城里人一般称为广场的地方，早晚好多人聚在那里，谈天说地，累了，就倚在旁边那棵树旁休息一下。看着孩子在这里玩耍，嬉戏。妇女在自家门前择菜洗米。家里菜香了，饭熟了。四处就响起吃饭了吃饭了的呼唤声。男人听见自家女人的声音，走了，顺便还问一旁的人："你家女人在家不，有人烧饭不，没烧饭上我家吧。"一边的男人大多友好地摇摇头，也有少数的人就跟着走了。一边有孩子的尖叫声响起来，原来是玩疯的孩子，没有听见母亲的呼叫，被赶来这里的母亲直接扯着耳朵走。

葛太峰看着丛志强若有所思，说："不妨在这里做一把椅子？""嗯，对，对，"丛志强说，"不是一把，是两把。"他指着树旁说："这里，这里，都做一把。"

丛志强当场用手做示意，一旁的他也仿佛从他的手指间看到两把宽大的长椅。

说起材料，丛志强竖起三根指头。旁边的人看了看现场，猜是钢筋水泥什么的。丛志强摇摇头，说："溪边的卵石，山上的竹木。"村里人知道卵石，是以前村里人铺路用的，却不知道可以用来做椅子。

"谁来做？"有人问。

"一起，大家一起来。"丛志强答。这是一个历史时刻，他为这个时刻的到来，已经准备了好久。

村民们纷纷从溪边捡来好多卵石，里边就有葛为春老人的。有人上山砍了竹、木。都是一些村里随手可取的普通材料。椅子的面板，是从村主任葛太峰家里取来的，以往在铺设九宫格广场时用剩的防腐木废料，一块块，短短的，本来他要用来做一个矮矮的花箱。

丛志强在现场只是画了一个草图。草图里的椅背是圆圆的。村民葛运大、葛三军两人看着不舒服，问："能修改吗？"丛志强笑着点头，说："我说过的，一起来，包括图纸啊。"

葛三军70岁了，是村里文书。文书在村里虽不是干部，却是受人尊重的岗位。做了一辈子的农民，却也读过不少书。他是上世纪66届初中毕业生。

当时的初中毕业生整个大佳何镇只有五人，偌大的一个山旮只有他一人。如果不是"文革"祸害得所有学校停课，他早就是高中生大学生，早就走出这个山旮，在另一片天地里工作生活了。1984年起，他一直是村里的出纳或者会计。2006年起，几个自然村合并成眼下的行政村，他就一直担任文书。抄抄写写不是一般人所能做的，如果往大了说，是一个村的文胆。他在2020年4月14日坐在我对面，接受我的采访时，我能感觉到文化在他身上的修养滋润，结出来的不同于普通村民的品质。我用尊敬的目光看着前辈，倾听他对村庄文化的品味。这么多年过去，村里的干部换了一茬又一茬，可他依然在这里。铁打的营盘流水的兵。他守着村不动，村干部如流水。

他用真诚的目光对着我，说："丛教授，这人好。"

我有些小感动。我为丛志强高兴。当一个村文书肯定你的时候，是这个村的文化人在肯定你。

葛三军就回忆那个时刻。他与葛运大用手指着丛教授的草图说："这，圆圆的，人靠着，会很不舒服。"

丛志强将草图和笔递给他们。他们在大学教授面前，觉得似乎有些不妥。丛志强用目光鼓励他们。他们终于在草图上歪歪扭扭地画了一条线。即把原来的圆形靠背改成了斜形靠背。

这是有据可查的首次中国农民在专家的设计图上进行修改。这一笔，是新时代的开始。

另有村民提出了椅子的长度和宽度，都获得了鼓励和肯定。

在场的村民终于一改之前的恭敬和弱弱的态度，眼睛里放出平和的却是主人的光。时时躲着教授专家的眼睛，终于能正视和对接。

葛运大是现在的村出纳。在接受我的采访时，他的眼睛中满是自信。他说："一个专家，一个真正的艺术家，竟然让我们握了一辈子锄头的手，在他的草图里修改设计。我依然记得，那个时刻我激动的心情。怦怦地跳啊。这是村里的第一把第二把椅子。这也是第一期的改造，很快，在第二期的改造中，在石门溪边，我们自己设计了一把，比这里的更大更长更宽。材料上还添进了农户常见的屋瓦。"

村民下溪去捡石头，丛志强也领着三个研究生下溪去。触碰到卵石时，他才真正领会葛为春老人的情愫。原来卵石才是大溪的精灵啊。它自遥远的岩石来，风吹雨淋，被冲进溪坑得经多少年的磨砺，才变为眼前的卵形。述说一个地方的美，只有它，与山上的竹木一样，才有真正的资格。后来我遇见他时，说："整个浙东，几乎所有的村庄，都用溪上的卵石铺路。""哦，哦。"他点着头。他说："我见过，前童古镇，如果离开了卵石铺的路，就不是前童。"

他从这里读懂了村民的目光。村民也从这里，读懂了城里来的艺术家的真诚。

村民们用电动三轮车将卵石运到小广场。马上引来好多村民，他们不知道要干什么。"嘿嘿，"有人笑，"这些石子能派什么用？"有人取笑："憨卵，才捡石卵。"参加施工的村民一说要做椅子，这帮村民就天天来看，这些石卵能做什么样的椅子。丛志强说："我在那个时候，见到很多村民，都是培训会里没有见到的面孔。"

他们是看在卵石的面子上，才来到现场的。这卵石的面子，好大。

丛志强在一边指导，村民按照他和自己一起设计描就的图纸，将一只只圆不溜丢的卵石，做成了椅子的底座。

这底座好气派！它是一条石门溪呀。

葛太峰从家取来的防腐木废料，正好做了两把椅子的面板。一块不多，一块不少。"这是天意啊！"参加施工的村民叫起来。椅子的边角没有防腐木，选了毛竹包边。竹衬木石，三者组合，反而说不出来地协调，仿佛也是上世修来的福气。

两把椅子魅力四射。放光的是溪上的卵石，放光的是山上的竹木，更重要的是，这是些经艺术家与村民一起设计的巧妙。

点石成金。

两把椅子落成那天，小广场上村民众多。人声喧哗，屁也多。众人不计较放屁，因为开屁的玩笑，远不如给这两把椅子起个名字更为重要。

有人看到这椅子都有一个结构，即人字形结构。这是由原来的圆形改的。如果是原来的设计，就没有目前大家称好的形状了。

"人！人！"大家叫起来。

有人提议，是中国人民大学教授到来后，村里才拥有的广场椅子，就称为"人大椅"。

人大椅！

人大椅！

丛志强与三个学生感动得直想流泪。这是一个感恩的村庄。他想，他带着学生，只是做了一些微不足道的小事，村民却如此地回报。他们种下的只是一粒种子，村民回报的却是一棵大树。

丛志强最后也点头答应了。因为，他发现，这人字结构，既是人大，也是人心；可读人字，也可读入字。他确信，这是他进入这个村庄的开始，进入村民人心的开始。

那一天，也是晴天，天空蔚蓝，有无数的燕子在小广场上空盘旋。此刻，按照一般的常识，燕子不是为了飞虫，因为天气很晴朗，只有天将下雨，气压十分低的情况下，才有虫子出现在低空。

而燕子是家鸟，有燕子的人家，一定是吉祥慈善的所在。燕子是为了村庄的喜事来的。

丛志强终于发现，他周围不再有那层玻璃，他再不用担心。他相信他与村民的距离，正在缩小，缩小。

这个时候，他听见一个声音在叫："丛老师，吃饭了。"

"哎！"他爽快地应了一声。

第三节　袁小仙从面团开始的精彩

刚才喊丛志强吃饭的是袁小仙。从文化礼堂的小广场走到她的家里，夕阳已经收了院子里最后一束光，但厨房里人头攒动，却是十分热闹。

"丛老师，快来，快来看哪！"招呼他的是袁小仙的小儿子，13岁的葛哲良。丛志强和他的学生来村里，村里安排在她家用餐，但她从没有在饭点到来之时来现场招呼。

灶上已经熄了火。但从透明的锅盖可以看见里边的面食。各种造型各种颜色的面食，精彩纷呈，美不胜收。

哦哦，是让我这个老师来这里见证她首次创造的成功。丛志强不免有些欣喜。这个头，终于开始了。

因为丛老师在这里吃饭，她也跟着去文化礼堂上了几堂培训课。她与另一个女村民叶仙绒一节也没有缺席，认真地从头听到尾。也不见她们提问，她们只是默默地听着，像是两个乖学生。

到这里吃饭，丛志强也经常说，听课了，得做一些东西。他所说的东西就是艺术品。

"我一个农家妇女，"袁小仙说，"开着早餐店和小店，早上起来就忙着做早点卖早点卖东西，哪有这心思？对了，那些天上课，我是关了店门，是为了给您撑面子呢。"

有一天早餐，袁小仙端进来热气腾腾的包子。那包子十分饱满，润泽，口上的褶子线条清晰，透着一种特别的美。丛志强突发灵感，说："就从你的面食开始做。"

这？袁小仙眼里有些疑问，农家用麦面做包子做淡包做馅饼都上千年了，从未想到这与艺术品有关。

给面做成各种造型，加上颜色，试试？

袁小仙似乎有了兴趣。她以前看见村里的老人将面做成寿桃、青蛙等，但样式不多，除了寿桃有蒸后添印的红色，不见别的也添颜色。

丛志强和学生操笔画了一些图形。家里的少年葛哲良听到了，说："妈，我也会画好多。"他在学校十分喜欢美术课。丛志强然后说："这颜色不是人工染料，而是各种蔬菜汁。"他举了当下村里农家地里就有的几种蔬菜水果。什么蔬菜水果能制成什么颜色的菜汁，然后在揉面的时候渐渐添加。

袁小仙的老公葛国青这个时候拍拍胸脯。

"你拍胸膛有用啊？"袁小仙问。

"我，我去地里拔菜去。"葛国青说着就走。不到一顿饭的工夫，大家还在餐桌边，他已背了一箩筐蔬菜回来，洗净。

"这，这也不行啊，"袁小仙说，"家里没有榨汁机。"

葛国青二话不说，将蔬菜放在菜板上，手起刀落，菜被切成细细的，用一块纱布包住，用力力摁，摁。哈，菜汁缓缓滴入碗里。好鲜艳。闻之有香。

于是，饭后，待老师们一走，袁小仙马上用各种蔬菜水果汁加进面粉，揉成不同颜色的面团。然后，发面。过了将近两个小时，将发好的面制作成各种造型的面点。

花色艺术面点。

葛家村建村一千多年来，那些在主妇手下呆板了同样时光的面，此刻，像是被吹了一口仙气。变成马，马能奔腾。变成猴，猴能上树摘桃。变成鸡，鸡能五更打鸣。变成小和尚，能敲木鱼念经。变成花，花能吐香争艳。

袁小仙看见丛志强教授此刻吐了一口气。

面对那些可爱面点，不忍心下嘴。

丛志强接过来，咬了一口。袁小仙记起，村里有一个习惯，总是将新食送在灶司菩萨面前，让菩萨先行品尝。丛志强告诉他们，这个能成为一个产业，卖到城里去，就能卖一个好价钱。

隔天下午，丛志强将袁小仙请到村里祠堂。这里早就开始了专为孩子设计的"树虫乐园"制作。一些妇女来得比他们更早，丛志强介绍了袁小仙的花色面点制作，大家纷纷称好。丛志强发现袁小仙的脸上有些红晕。

一张乒乓球桌暂时变成了妇女们的制作台。一些大家从家里拿来的旧衣服堆在上面。

"咱们先把这些旧衣服拆下的布料裁开，"丛志强用手比划了一下，又指了指旁边的一棵桂花树，说，"然后把它们重新缝合成树根的形状。再在里边摆上漆上五颜六色的废旧轮胎作树洞，摆上各种玩具，孩子就是树虫。"

"我也做树虫。"一个胖胖的村妇说。

"胖树虫，胖树虫！"大家喊着，都带着善意笑起来。是啊，在她们的眼里，自己都是没有经历过童年一样，忽然就老了似的。

袁小仙加入了进去，就如水加入了水。自此，袁小仙像是着了迷。以往，每天晚上都是九十点就入睡，现在，要到半夜甚至凌晨1点，第二天起来照样有力气，像是回到了青年时代，身上有了创造的力量。

她用家里的旧衣服，做起了各种布艺玩具。她说她的第一个作品是一条美丽的蛇。在我采访她的时候，她有些得意，她是村里唯一参加村艺术家上人民大学讲台的女艺术家。

"那条蛇，给你带来好运。"我说。

"不，是丛教授他们带来的。"她及时纠正我的说法。

我向她请教这布艺玩具的制作。一开始她十分谦虚，看见我真诚的态度，终于说出了她的制作过程。她说，最主要的是图案设计，然后是布料颜色的选取。然后，她说，按图形裁剪下来，两块面料反过来将它们的边缘缝上。

"哈哈，"我笑起来，说，"然后，将它们翻过来，就如缝麻袋？"

她也笑起来，连说"是的，是的"。然后，将填充物塞进去，一只鼓鼓胖胖的布艺玩具就问世了。

我站在她家的院子里，现在，这个院子已经成为"粉小仙手工艺院"，网红小院，来葛家村参观的外地游客必访之地。我看到那些废旧衣服制成的可爱的十二生肖、小恐龙、羊驼、长颈鹿、金鱼、鲨鱼、爱心、五角星挂在角角落落。

还有非常有特色的竹门、竹椅、竹桌、竹杯、竹灯等竹制工艺品，那是她老公葛国青的作品。

两个人都是"乡村艺术家"，墙上还挂着人民大学艺术学院颁发给他们两人的证书。

红灿灿的，好看。

第四节　仙绒美术馆

村里自古流传一首歌谣：壁上挂只鼓，鼓上画只虎，老虎抓破鼓，买块布来补。是用布补鼓，还是布补虎。补来又补去，鼓亦勿像鼓，虎亦勿像虎。

这里原来是一个民间艺术之乡。我走进叶仙绒美术馆时，就有这样的感觉。

这其实是农民的道地（院子）。一走进道地就有人迎出来，响响地热情招呼，眼光也有温度，有如春风一般。

有人说，这就是这家美术馆的主人——叶仙绒。她做姑娘的时候性格十分爽朗，嫁到这里后，也是这样，只是婆婆去世后，话也少了，目光木木的，像是失了魂一样。

嫁汉，嫁汉，穿衣吃饭，叶仙绒今年65岁了，显年轻，就坐在我对面不停地说话。她嫁到这家后，居然吃不饱，生了一个儿子、两个女儿，大女儿穿旧的衣服让小女儿穿，不是她心偏，穷啊，扯不起布。那是生产队的时候，家里人口多了，硬着头皮盖起两间房子，窗门是一件件安上的，好长时间里没有楼板，只是一个空屋壳子。穷啊，买不起建筑材料。

可是家里进进出出的人多，他们是为她的婆婆来的。婆婆的女工技艺是个绝活儿。婆婆精于绣花。她绣的鸳鸯枕，那一对鸳鸯会在水里游动，绣的肚兜上的金鱼在水草里钻来钻去，老虎鞋上的小老虎会扑棱棱跳跃。村里村外嫁囡娶儿媳生儿子，都会手持一对红礼包，求到婆婆这里。婆婆菩萨一样的脸，呵呵笑着，满口应承下来。那些待嫁的姑娘看着那些绣品，哟哟叫着，像是有人揉搓着她们的心肝肝。好多来家的村民，也顺带夸夸这家的儿媳妇有福气。那是近水楼台，月光自然多呢。

婆婆一去，来这里络绎不绝的人不见了，像是河水断流了一样。家里有了钱，造起了新楼，买了大彩电大沙发和冰箱，丈夫在院子里也种了几盆花，也没有太多人来家里。叶仙绒的话也突然少了，成天唉声叹气的。家人为了劝慰她，说："咱家住得偏一些，路又狭窄了些。"叶仙绒嘴上附和，心里却想，婆婆在的时候，不就住在这里吗？

这一次艺术家进村来，她却是积极得很，认真听课，认真学习创作作品，因为她的脑际经常有婆婆精美绣品的影子。

按照老师的点拨，她把家里的旧衣物旧布等，做成娃娃，做成布贴画，做成各种可爱的动物。一天到晚的，做完这样，再做另一个，件件都是佳品，她像是一个艺术的永动机，把老师都感动了。有一天，老师在她家，问她家里有没有老物件。有啊有啊，她在阁楼里翻开一块遮盖的布。老师的眼睛也亮了。格子窗、朱金漆木雕、老眠床、三寸金莲（旧时缠足妇女的绣花鞋）、麦果木模……老师问："还有什么文化艺术品？"她答："儿子孙子的书法作品，女儿的机绣艺术品，我自己的手工作品，很多。"老师提议，那就干脆搞一个家庭美术馆，对，叫"仙绒美术馆"。

美术馆开张那天，轰动了整个葛家村。叶仙绒原来不知什么叫揭幕，那天美术馆的牌子上被遮了一块红布，竟然是县里来的副书记李贵军揭去的。道地里人头攒动，当天有 180 多个来自县、镇、村的贵宾出席。之后，美术馆天天有人来参观。这里边有北京、贵州、香港、台湾、宁波、北仑等地的客人。

叶仙绒脸上染着少女才有的红晕，坐在我的对面，说，婆婆在世时，也没有这么多客人。

我看她的目光，十分自信和洒脱，与前年我去巴黎街上遇见的昂着头的法国女人一个样范。我还听说，像她这样的生活态度会传染，现在村里多得很，连人的胸襟也改变了。她家的菜地堵住了邻居的门达 30 年。这一次，她和丈夫主动提出低价转让菜地，让邻居不再绕着走。

我在采访大佳何镇李文斌书记的时候，他向我讲述了一个发生在叶仙绒身上的真实故事。

他说他时常带着外地客人去葛家村参观，而仙绒美术馆是必到之地。可那一天，当他来到美术馆时，只见平日里十分热情的她，却默默地站在一边，目光呆呆的，像是一个心事重重的小学生。

李文斌忽然觉得是不是自己在什么时候冷落了她。她现在可是网红人物。

却不是。待前边的客人刚走过去，叶仙绒向他招了招手，他停住脚步。她向四周望了望，现在是难得的人流空隙。她的语速很快，是想在别人没有注意的时刻，把她的意思表达得既庄严，又完整。

"李书记，我想入党。"

"这，为什么？"

"我，我从你们的身上，感觉共产党，真好。是真心想为老百姓做事。"

"就为这？"

"就为这。"

李文斌此刻猜不到对方的真正心理，但有一点，他是肯定的，那就是对方诚恳的态度。李文斌在接受我的采访时说："我对自己的这个判断，有把握。"

我点了点头。我能对一个镇书记此刻的把握有异议吗？此刻，我没有。

2020 年 4 月 9 日采访叶仙绒时，是我第二次采访她，前一次是 2019 年的秋天。她给我看了她描的入党申请书，现在只是副本，正本已经交给村党支部了。眼下她已经被列为村党支部的入党积极分子。

> "敬爱的党组织：我志愿加入中国共产党。我是大佳何葛家村的一个普通农民，我叫叶仙绒，出生于 1955 年，我之所以要加入中国共产党，是因为……"

她的家人告诉我，因为叶仙绒只读过小学一二年级，基本不会写字。申请书的初稿是她在越溪县职业学校教书的儿子写的。她只是按上面的稿子抄写。因为不会写字，所以，只能是描画。一笔一画，全是对照着描的。所以，短短的申请书，描了三天三个晚上，描了好几回，将最后没有涂写的一稿交给了村党支部。我看到的，是她废弃的稿子中的一份。

第三章

精兵强将　火力全开

第一节　教授路的良好开端

教授路原来不叫教授路。也许原来没有路名。就是有名，也只是一个识别记号，没有里边的含义，就如阿狗阿猫，顺口叫了。

一股风就这样吹进了一条路。城里叫巷，这里的农村习惯称为墙弄。我以为墙弄更为贴切，本来就是屋墙夹出的一条弄嘛。

偏偏就吹起一些尘埃，因为这里到处是乱堆的杂物，在春天的暖阳里，居然有简易厕所甚至露天粪缸，臭烘烘的，大煞风景。

有人开玩笑，好好的一股春风，墙弄的这头吹进，到另一头出来时，就是一股臭风。

这条路偏偏就是通向村庄中心的路。村里在去年搞了一个盛大的桂花节，有好多慕名而来的客人。村里却不敢将客人带到村中来。不是村里人不想让客人进（村里人觉得这里是农村，那些脏物他们早已经习以为常），而是镇上的干部县城来的第一书记不让进，因为这条路实在太脏。

本来这条路的路面，在建村之初，就用溪中卵石铺成，上面有漂亮的图案。村庄也十分整洁。村里人穿着木拖，在上面敲出咯嗒咯嗒的声音，十分好听。后来不知怎么的，上面的卵石缺了，如缺牙的老人牙床，有些难看，路边也堆满了垃圾。前几年，政府出钱买水泥，村民义务出工，将卵石路整个遮住了，水泥路面平展展的，城里来的女人穿着高跟鞋在上面咯嗒咯嗒走着，也很平稳。人们以为，路面平整了，路边也会变得干净，却没有。

肮脏的路两边，还穿插着晚清的民国的、新中国成立后各个时代皆有的房子，零零落落，参差不齐，里边以老人孩子居多，连村上的狗也不喜欢往这里跑。一到傍晚，就冷冷清清的。

丛志强看准了这里，要拿这里开刀，剪开村庄的另一面。但是手中没钱，政府也没有投资，在一般人看来，是十分困难的事。

施工时，围观过文化礼堂小广场，围观过仙绒美术馆，围观过粉小仙手工艺馆的村民，此刻，他们同样在一旁瞪大了双眼。看这些一无钱、二无材料的艺术家，如何使出魔力来。

2020年4月初，我再次来到葛家村，在镇纪委书记、联村领导顾华良的陪同下，走进教授路。在路口不远的地方，有一小块凹进的空闲之地，顾华良说，这里改造之前，曾经是垃圾杂物堆满的地方，人人走到这里都要掩着鼻子而过。

村里人看到，村干部和村民在这里清扫垃圾搬运垃圾。好多条肥大的蚯蚓，在地底下爬来爬去，有几只公鸡瞅准机会，猛扑进来，叼着蚯蚓就走。有人就说："这鸡不怕人，奇了怪了，谁给它们的胆子？"几条狗看着鸡的热闹，也想乘机钻进来，却没有半点收获。村民看见远处的母鸡咯咯咯地叫唤，似乎在嘲笑扑空的狗。

"别乱说，"有人说，"你咋知鸡在嘲笑？你又不是鸡狗。"

那人就坏笑，指着对方："你也非鸡狗，怎么知道鸡狗不是这样想的？"

他俩正闹腾玩笑之时，见几个村民从山上砍来毛竹，几个村民从溪里捡来一车的卵石。

丛志强和施工的村干部村民一起在商量什么？他们在现场指指画画的，似乎在设计方案。

然后，有人锯毛竹。锯子锯毛竹的时候，发出吱吱的声音，那些锯末带着竹子的芳香，溅在不远的地面上。大概二尺长的竹筒，在地面上堆起一座小山似的。那些竹筒滑溜溜的，堆得稍高一些，就有竹筒滑下来。

在锯毛竹的同时，有人往墙壁底下垒卵石，因为加了些许水泥，光滑的卵石也就紧紧地挨在一起。

随着卵石高度的增加，有村人叫起来，人大椅，人大椅！

正在垒石头的村民摇摇头。因为他们垒到一定的高度时停下来，将小的卵石贴在墙上，曲线形的，像是村庄四周山峰的曲线。

嗬，面子上了防腐木板。人们才知道这是一把卵石加木板的三人椅子，不，足够坐四五人。那些贴在墙上的卵石作了长椅的靠背。

有人往长椅面前垒起竹筒，在上面铺上竹板。还未完成，村民就猜，这一定是长茶几。

有经验的村民都猜对了。落成之时，卵石的椅背被刷上了彩色的油漆。长椅和茶几的旁边种了花草，垒了矮矮的假山。右边的花草还种在竖起的几个竹筒里。

我与顾华良一起坐在路口的长椅上时，想象毛竹制成的茶几上有香茗成盏。顾华良说，这就如村庄的前客厅。来客人了，在这怡人的地方先饮一杯茶，再慢慢向里深入。

这个节点被取名为乡村会客厅。

"好一个客厅！"我赞道。

离开这里往里走，有一口古井在迎候。至少上千年了吧，井里有水，汪汪着，像是透过千年的时光，瞟了我一眼。我被感动了，那已经开裂的石头井圈，像是那只眼睛的眼睑，石头的井壁上，几丛蕨类植物颤颤的，仿佛睫毛，反衬出那汪汪的眼珠更多的情愫渗出。

这个没动。这不是垃圾。这是历史，更是财富。只是旁边加了一把石头竹子制成的躺椅，躺椅旁放了两只溪坑上抬来的怪石。怪石上置一盆花。另一边加竹长凳。也分别加栽了绿色植物，在窗台上搁了两盆花。

有一堵大大的卵石砌的墙角，卵石居然是光砌，没有任何石灰水泥之类的黏合或者填充物。但屋里有什么我不清楚。它就这样赤裸裸地将大自然的野气张扬在这里。墙角的另一面墙，却是黑黑的墙面，那是砖砌的，砖外边粉了蛎灰的。经不住时光的熏洗，一点点黑了下来。这黑面包公似的墙，确实有些碍人的眼目。

偏偏有人惦记着这面黑墙。丛志强和他的三个学生，给黑墙贴上七八只展翅飞翔的白色鸽子。

白鸽，黑墙。

黑墙，白鸽。

让黑色的死水，飞起灵动的白浪。

让黑色的火，有了焰。

这个有千年古井、百年老墙、近现代铁门、木门的节点，被取名为"时光场域"。

在折向仙绒美术馆的三角地，堆满了垃圾和杂物。他们把垃圾运走了，将杂物中的别的东西清理了，只留下一堆残瓦，那可是历史遗留的屋瓦，曾经在上千年的雨水中淘洗过。他们用残瓦一摞摞地把三角地围起，除了在里边加的红枫和杜鹃，别的如石块、石子等依然是里边的东西，取名为"枯山石景"。

可枯山石景不是枯死的山水，而是山水的灵魂，在这里固定地点闪着灵光。那石，那枝，那花，那亭，那桥，那想象中的流水。

谁能说画家笔下的山水，是死的山水呢？它们都拥有画家给予的灵魂。

地方是这一块地方，东西就是这些东西。可它们就不一样了。它们有了灵魂，有了美。

它们原来死了，现在活了。这一口仙气，就是艺术家吹的。

从这里折进就是"仙绒美术馆"。

从美术馆出来再向教授路往深处走。离这里不远有一个废弃的庭院，也是堆满了垃圾杂物。村里的党员在党支部带领下，只用了晚上两个多小时，就布置了这个节点。清理了垃圾，搬走了杂物。党员们用党旗的颜色，将这里布置成党员艺术墙，与对面墙角层层堆叠的竹筒墙上新装的竹窗，遥相呼应。叩击竹筒，乒然作响，寓意"竹报平安节节高"。也因此成了节点的名称。

村妇女主任家的外墙有些简单。简单得像一湖静静的碧水，但人们总是希望那里有一些浪花，有跃动的美。丛志强问一旁的村民，这里如何布置，才能让墙面生动起来。

"鱼呗。"一个村民似乎有了主意，就说。

"怎样的鱼？"丛志强的研究生问。

"三条鱼，"村民将手指伸了三个，说，"两条大鱼，一条小鱼，哈哈，一家三口。"

丛志强的学生提起粉笔，在墙上画了三条鱼。眼下不是鱼，只是鱼的边线。然后大家笑着走过。

第二天丛志强从这里走过时，学生远远就叫起来："丛老师，鱼，活了。"

原来学生画线的地方，被哪个村民用竹片拼贴做了三条鱼粘了上去。一条漆成黄色，一条漆成绿色，另一条是红色。鱼在水里吐的水泡泡，就是由不同大小的竹筒圈贴成，连下面的蓝色波浪也是竹片贴成。竹子是岁寒三友之一，寓意美好，三鱼同游，更是体现家庭和睦。

那就叫"年年有余"吧。

一条路，就这样遇山凿洞，遇水架桥，改造了过去。这条路全面改造完成时，被村民取名为"教授路"，并在路口竖石铭记。

在这条路全线改造的同时，村党支部号召村里的党员干部带头改造自己的庭院。2020 年 4 月 9 日下午 2 点，我在采访村监会主任葛万永时，来到他的院子。远远地我就看到一棵桂花树，大大的树冠下的花枝一两条，两三条，四五条，从院内悄悄伸出来。

看见我的到来，那些花枝早就活蹦乱跳上蹿下跳转弯抹角，前来拥抱我。

"呵呵，"葛万永有些腼腆地笑，说，"开始的时候，村里人不太理解丛教授他们，谁叫我们是干部呢，就得起带头作用。"

说这个话的时候，我们已经围坐在他家院子里的桂花树下。这是一棵月桂，树龄 22 年了，别人开价 15000 元想买走他不肯。眼下花又开了。有一只蜜蜂老是在我的面前飞。围着桂花树两圈，里边一圈是圆的茶几，外边是椅子。同样，圈椅茶几都是卵石加木头做的。这个院子改造后的名称是：桂香茶语。

原来，葛万永介绍说，他的这个院子，虽然大，与全村所有农户一样，堆满了杂物。有一句谚语：懒人无空地。

当丛教授那天走进这个院子时，连葛万永自己也觉得有些尴尬，就如自己没有洗脸时，给人看了脏脸。可以前他和家里人村里人，都没有这种感觉。在大家的心目中，农家的院子就是用来堆物的。以往没有液化气时，院子堆满了柴垛。之后，是些看似有用其实没用的东西。扔，又不舍得。

看上去心不烦，是一种生活观念。

扔，不扔，也是一种生活观念。

这一次，得扔，就扔了。实在扔不了，就堆放整齐。院子里也没有添置多少东西。只是桂花树下，盘了喝茶的桌椅。院子的另一个角落，用院子里已有的物件，布置了枯山水小品。

添加最大的是空和整洁。

空有很多美。

空是一种境界。

在桂花开的时候，有月光有桂香在空畅的院子洒着，邀三五好友，树下品茗畅谈人生友谊，不亦乐乎哉。

让葛万永预想不到的，是前来参观的村民和外地来的客人，纷纷给他的院子竖起大拇指。

同期，还布置了"匠心竹意"和"石童乐"。后者通过石块堆砌、排列，组成花瓣、比萨饼、饼干等形状，供孩子们玩耍嬉戏。孩子们乐不思蜀，回家都要大人不断来催叫。

网红村。葛家村忽然来了好多人。他们用新奇的眼光看着寻常的村庄发生的变化。

这一期改造的村干部、村民主要参与者为：王荣恩、葛海峰、葛太峰、葛万永、葛诗富、葛品高、葛桂仙、葛运大、葛三军、葛太伟、葛明松等人。

据报道，2019年4月17日，170余名来自全县各乡镇（街道）的党（工）委副书记、妇联主席、专职副主席，创建村村书记、妇联主席等，齐聚大佳何镇葛家村，共同参加第一届宁海县乡村庭院艺术节。县委副书记李贵军参加并为村里的教授路和仙绒美术馆揭牌。据丛志强回忆，那时，他们从参与的村民中，严格筛选出24位，授予"庭院艺术家"的称号，在这个艺术节的开幕式中，村民从县委副书记、县委办主任、县妇联主席等嘉宾手中接过证书。据说，其中有六七十岁的村民，这样的情景，还是人生首次。

网红村。葛家村从来没有来过这么多人。就算是村里办的桂花节，也只是当天有人，隔一天就没了人。但现在是持续地有客人前来。

指指点点。

点点指指。

村民的眼睛越来越亮。因为村民对于艺术改变乡村面貌向往的心，被点亮了。

第二节 七个院校三十支队伍加入

要把全县点亮。

我觉得，这才是一个地方政府的胆量与谋略。

他们在当年的生态县建设、全域旅游建设、村级治理上都成功地尝试了。这些经验都给他的后任干部增添了敢尝敢试敢为天下先的勇气和胆量。

2019 年 6 月 14 日上午，全县艺术振兴乡村工作动员大会召开。这个会议在县政府大院里的大会议室召开。在这里召开的会议，是除了党代会、人代会、政协会议之外最高级别的会议。历数县里的重大工作部署，都从这里起步。

这个会议召开之前，作了精心的准备。

主席台正中是县委书记林坚、副书记李贵军、宣传部部长叶秀高、组织部部长方勤、副县长王鸿飞、沈纡丹。

这个会议由县委副书记李贵军主持。

林坚代表县委作了主旨讲话。

林坚讲话的核心内容：乡村振兴是一项久久为功的"栽树工程"，送艺术进乡村则是一项"种子工程"。我们要着眼长远、立足实际，抓实抓好这项工作，为宁海的乡村振兴和高质量发展事业添砖加瓦，为我国的美丽乡村建设提供"宁海样板""宁海经验"。

林坚的讲话将此项工作提到了国家层面，非常符合浙江作为全国"窗口"的语言环境和气势。林坚在讲话的间隙，有意无意侧转头去，看一眼这个上千年的县政府（衙门）大院，仿佛与它们有了某种交流。林坚记起，除了他，别的同志在这个位置讲话时，也有习惯性的动作。

林坚抱拳，代表县委向支持宁海乡村建设的艺术家，以及各界朋友们表示衷心的感谢。

然后他说了一大通这项工作的重要性、必要性。

说到这里，林坚仍然觉得力度不大。

于是，他强调，抓好这项工作，关键是要坚持"四个并重"。一是内育与外引并重。要把"艺术家驻村"作为三大行动之首，吸引一批国内外艺术家、壮大一批宁海籍艺术家驻村队伍，充分发挥艺术家磁吸作用，不断激发村民的内生动力，主动参与到艺术振兴乡村行动中。二是硬件与软件并重。硬件，重点是将艺术思维贯穿于村庄项目建设和环境治理当中；软件，重点是开展群众喜闻乐见的文化艺术活动。要推进艺术项目建设、提升项目艺术化水平，创新艺术思维、改善人居环境，并让群众参与到艺术创作和表演中来，感受艺术生活的魅力，改变生活陋习，孕育文明风尚。三是特色化与本土化并重。既要避免千篇一律，也要避免标新立异，切实立足本土文化，用艺术挖掘特色、放大优势，尊重本地自然生态、历史遗存，尊重本地村民的意愿，通过合理而富有创造性的艺术提升，让乡村看得见山、望得见水、记得住乡愁、留得住乡情。四是示范带动与面上推动并重。首批艺术家结对村要做探路先锋，精雕细琢、精益求精，打造一批艺术特色村；要不断总结完善，着重研究投入、合作以及全民参与机制，为艺术振兴乡村工作创造良好条件、营造良好氛围。

这个强调有些水平。他强调的是并重，不是偏颇，这是哲学里的思辨。总体而言，令人觉得既高屋建瓴，又贴近基层；既有理论高度，又贴近实践；既指明方向，又具有可操作性。我在夸奖这位县委书记时，其实赞美的是中国基层官员质的变化，早就已经跨越了过去那种大老粗式的，说话不骂人说不出口的层次。我接触林坚不是很多，其中几次，却见识了他的知识的层次。有一次在北京的 798 艺术区，一个用废旧厂房改建的画廊、艺术中心。他在印象派油画展厅里，指出眼前的作品的风格和流派，令一边的讲解员自叹不如。另外，他还说起，在中学特别是大学时代，他啃完了中国传统的现代的当代的名著，包括很多外国名著。他所喜欢的作家作品都是我喜欢的。像他这样的县处级干部多了，中国的基层治理和发展，会更有力量一些。

县委常委会委员、宣传部部长叶秀高部署工作。一共有四项。一是工作目标，二是主要任务，三是主要措施，四是工作要求。至此，全县的艺术振兴乡村工作由县委宣传部牵头。之前的大佳何镇葛家村由丛志强带领三个学生开展的短期工作，实际由县妇联在牵头的"美丽庭院"建设，被视为即将开始的全县艺术振兴乡村工作的一个试点或前奏。

作为一个重要的会议，会前，播放了大佳何镇葛家村"艺术振兴乡村·艺术家驻村"纪录片。会议上，宁海县与中国人民大学等相关高校签订校地合作协议，向县内外艺术家颁发"驻村艺术家"聘书。桥头胡街道以及"驻村艺术家"代表夏晓昀、陈龙作交流发言。中国人民大学艺术系副教授丛志强还围绕"设计激发村民内生动力"这一主题为与会人员上了一堂生动的培训课。

在这个会议随后的报道中，还透露出一些会议部署的内容：宁海县将持续开展"艺术家驻村""艺术提升品位""设计改变生活"系列行动，促使艺术和产业融合、和环境融合、和生活融合，融入经济社会发展各领域，为打造"两高"先行区、"五好"样板区注入新活力。2019 年至 2021 年，三年内建成5 个艺术特色镇、10 条艺术特色风景线、50 个艺术特色村，引育"驻村艺术家" 200 名。

紧接大会之后的协调会，没有报道，却是十分重要。这个会议由县委副书记李贵军召开，参加对象是 18 个乡镇、街道的书记，及县相关部门一把手。由于工作关系，我在一次与一个县长交谈中听闻其说：所有挂了会标和红幅的大会，对于工作的开展，是没有多大作用的。之所以要开这样的会，是想造成一定的舆论环境。但要让会议上的部署落实，就是协调会。主持协调会的往往都是县里的重要领导，面对着乡镇、街道和部门，一一地敲定落实。这里的敲定，有如木匠将钉子敲入木头的作用。如果没有协调会，大会部署的工作任务落实，依然钉子是钉子，木头是木头。

县委宣传部在大会召开之后，做了大量的牵头落实工作。我在 2020 年 4 月 6 日采访县文联主席刘尚才时，他脸上有光。他说，按照县委宣传部的工作要求，县文联积极行动，联系高校和派出本土艺术家。县文联在以往几年里，有一个"潘天寿艺术设计奖"，就是将艺术设计与宁海的文化产业联合起来，用艺术为地方产业服务，用艺术助力当地的经济发展，在全国的艺术界很有名声。所以，这次上高校邀请艺术家进驻时，就得到了他们最大的支持。在他们眼里，宁海县这次邀请艺术家进驻村庄，与"潘天寿艺术设计奖"活动如出一辙。

只不过过去了半个月，7 月 2 日下午，阳光水似的淌满大地。一个大型的启动仪式在大佳何镇葛家村举行。它的全名：宁海县艺术振兴乡村校地协同 2019 暑期融合设计（宁海）行动。主办单位很是显眼：浙江省文学艺术界联合会、共青团浙江省委、中国青年报社、中共宁波市委宣传部、中共宁海县委。承办的是中共宁海县委宣传部、宁海县农村农业局、宁海县文学艺术界联合会、共青团宁海县委。参加的贵宾身份也不一般。他们是：浙江省文联副巡视员、省美协副主席兼秘书长骆献跃、中国青年报社副社长杜栋梁、中共宁波市委宣传部常务副部长魏祖民、中共宁海县委副书记李贵军、团省委宣传部部长王辉球、中国青年报社对外合作部部长王毅旭等。

由宁海县委常委会委员、宣传部部长叶秀高主持会议。

县文联主席刘尚才布置具体工作。

浙江省农林大学园林学院代表高校团队发言，西店镇代表全县乡镇（街道）发言。

签订合作协议。30 个村，30 个团队。

授旗。30 面猎猎飘扬的旗。

李贵军讲话。

李贵军宣布启动出发。

仅仅只是隔了一周。那是 7 月 8 日下午，中国（宁海）艺术振兴乡村论坛在宁波市宁海县大佳何镇葛家村举行。

之后的报道称，来自全国 14 个省、自治区、直辖市的 20 所知名高校的 33 名专家学者齐聚葛家村，围绕艺术振兴乡村各抒己见，展开热烈讨论。

这个阵势，给宁海县，给葛家村，再烧了一把火。不仅仅是点亮。

第三节 三十面大旗插在哪里？

在启动仪式上，中国青年报社副社长杜栋梁为中国美院艺术团队授旗；浙江文联副巡视员、省美协副主席兼秘书长骆献跃为浙江农林大学艺术团队授旗；中共宁波市委宣传部常务副部长魏祖民为宁波大学艺术团队授旗；团省委宣传部部长王辉球为浙江科技学院艺术团队授旗；中国青年报社对外合作部部长王毅旭为浙江万里学院艺术团队授旗……

三十面大旗，在县委副书记李贵军宣布启动出发后，向全县三十个村庄出发。

大旗指处，不是攻克，而是点亮艺术的火炬。

第一面大旗插在大佳何镇葛家村。授旗一结束，村民就从人民大学艺术学院丛志强带领的团队抢过旗帜，后面跟着一队自发组织的村民，浩浩荡荡充满自豪地向前边走去。

另一面大旗插在梅林街道刘三村。由宁波大学的艺术团队进驻。刘三村位于浙江省宁海县梅林街道西部，距县城中心 15 公里，接壤深甽镇里沙地村，与西店镇隔山相望，省道向西穿村而过。刘三村在 2006 年 4 月由桐树岙、上洋头和山下刘三个自然村合并而成，三个自然村都以刘为主姓，故称刘三村。全村 2014 年有 492 户，人口 1395 人，党员 48 名，地域面积 8.84 平方公里，耕地面积 177 亩，山林面积 12470 亩。2012 年农村经济总收入 4513 万元，农民人均收入 11452 元，2014 年村集体可支配收入 91.9 万元。艺术团队的师生看到，村里已花 400 万元建成刘三水文化广场，还有文化礼堂，雁苍山风景区有吉祥禅寺、九龙飞瀑等著名景点，还有上洋八卦八系、义阳侯何君府后花园遗址、雁苍山农家乐、古戏台等乡村休闲旅游元素。2012 年已创县级全面小康村。

一面旗插在岔路镇梅花村。由宁波大学的艺术团队进驻。这样的旗帜早在 1947 年就插过了。那时是地下党的旗帜。在 1947 年的 1 月，中共浙东工委书记刘清扬，在白岭根村的地下党员葛希曾家主持召开了一次会议，这次会议在台属与浙东党历史上具有重要意义。会议期间大雪纷飞，积雪盈尺，全村梅花盛开，顾德欢提议定名为"梅花村会议"，白岭根村也因此得名"梅花村"。梅花村总户数 431 户，村民总人数 1279 人，村民小组 7 个，村名代表 31 名，下辖自然村 2 个，分别是白岭根自然村和祥里自然村。村有耕地 526 亩。梅花村与白溪村、山洋村、兆岸村、干坑村相邻。进驻这个村的是宁波大学潘天寿建筑与艺术学院环境与家居设计系武会会老师及学生团队（石宇琳、张雨薇、林心悦、吴水琴）。他们面对梅花村进行的，将是以地方红色革命精神为特色的系列改造设计。

胡陈乡梅山村。进驻的团队属于农林大学。梅山村位于胡陈乡政府南面，由梅山、庙下、塘里饼三个自然村组成。共有村民 160 户、557 人，耕地面积 415 亩，山林 2490 亩。近年来，梅山村依靠听政问廉、宁海县权力清单三十六条等，实现了由"乱"向"治"的转变。梅山村荣获省级民主法治村、省美丽乡村特色精品村、省级卫生村、省级文明村、市级生态村、市级文明村、市级园林式村庄、宁波市村务公开民主管理示范村、宁海县社会治安综合治理先进单位、宁海县廉政文化建设示范村等二十余项荣誉。

一市镇武岙村。入驻的团队为浙江万里学院。武岙村位于宁海南面，濒临三门湾，由武岙黄、小河塘、武岙塘、董家四个自然村组成，现有农户 380 户，村民 1100 余人，山林面积 3233 亩，耕地面积 1200 亩。先后获得了县级文明村、市级文明村、县级环境整治村、市级全面小康村、县级特色村、森林村庄、党建精品村、五星级党支部等荣誉称号。艺术家进驻的是其中的小河塘自然村。该自然村 38 户，193 人。耕地 181 亩，主产稻谷，副业有柑橘培育、海涂养殖和近海捕捞等。

前童镇大郑村。入驻的团队为中国美院。大郑村由沈坑岙、下朱、山朱胡、大郑 4 个自然村组成，位于宁海县前童镇的西北部，村域面积约 2 平方公里。拥有良好的地理位置，省道甬临线 S34 穿村而过，毗邻沈海高速与 S214 省道，也是连接梁皇山景区与前童古镇的中间要道。习总书记任浙江省委书记时曾亲临大郑村进行考察，大郑村的新农村建设备受习总书记的关注，以此为切入点，打造大郑村的特色党建文化。同时，大郑村历史悠久，大郑村内的建筑涉及各个年代，这正是中国历史发展的进程，通过建筑能感受到不同年代的气息。

长街镇的西岙村由农林大学的团队进驻。

力洋镇的力洋村由中国美院的团队进驻。

茶院乡的许家山村由中国美院的团队进驻。

越溪乡的王干山村由中国美院的团队进驻。

桑洲镇的山岭村由宁波大学的团队进驻。

前童镇的鹿山村由台湾艺术家的团队进驻。桥头杨村由浙江科技学院的团队进驻。

大佳何镇的滨海村由浙江万里学院的团队进驻。

强蛟镇的上蒲村由农林大学的团队进驻。

西店镇的铁江村由农林大学的团队进驻。紫江村由中国美院的团队进驻。

集义村由浙江万里学院的团队进驻。

深甽镇的南溪村由农林大学的团队进驻。

乌糯坑村由中国美院的团队进驻。

跃龙街道的白龙潭洋村由中国美院的团队进驻。

艺术街区由中国人民大学艺术学院的团队进驻。

桃源街道石家岙村由中国美院的团队进驻。

梅林街道河洪村由宁波大学的团队进驻。

花园社区由中国美院的团队进驻。

这些村庄的特点，一是有文化内涵可供挖掘；二是有一定的集体经济；三是村级班子的战斗力凝聚力较强。主要的是，这些村庄都有一种改变自身的愿望。我在采访有关人士时，他们都表示，内生的力，是村庄面貌变化的最大力量。欢迎艺术家作为外部力量加入，那是催生这种力，而不是往火里添一根柴那样，柴烧完，那力量就不存在。

同时，我看到中共宁海县委宣传部于 2019 年 9 月 4 日发出的通知。文件名称是《关于做好"艺术家驻村行动"结对共建的通知》。有一个附件：宁海县首批"驻村艺术家"结对共建表。

文件要求各文化单位、各文艺协会要主动有为，促成资源下沉，安排优秀文艺工作者驻村指导艺术振兴乡村工作。我在文件上数了数，有 93 名艺术家被派往入驻全县 68 个村庄（社区）。要求他们"全年入村时间不少于 20 天，沉下身心为基层谋艺术项目、谋文艺活动、谋文创产品、谋艺术空间，不断增强乡村发展后劲"。

县委宣传部在发文的当天搞了一个盛大的启动仪式。我没有到现场，可是我从现场艺术家转发的微信朋友圈，还是看到了这个令人欣喜的场面。

县委常委会委员、宣传部部长叶秀高讲话。乡镇、村代表发言。艺术家代表发言。当场发放艺术家证书。一本一本的，领导亲自发放。领导发一本，握一下面前艺术家的手。隆重，热烈。我在照片上看到艺术家们的脸，泛着光，那是艺术之光，振兴乡村的精神之光。同样在一个县城里，他们下村去了，我当了看客。但我为他们感到高兴。

　　这个会议同样在县政府（衙门）的大院里召开。他们像是以往影响宁海大地的一些工作组一样，继续播撒在这块土地，以期那里长起希望的苗，并迅速旺盛长大，结出理想的果。

　　9月份应该进入秋天了，可是，踏在大院的路上，仍然有烫脚的感觉。这里的温度，与全县各地的温度相似。这里烫，哪里都是烫的。

　　至此，李贵军通过中国人民大学艺术学院丛志强副教授，在大佳何镇葛家村点起了艺术振兴乡村的火，现在，星星之火，变得有燎原之势。

第四章

艺术滋润　不再孤独

第一节　丛志强的胡子好美

这一次丛志强的出现，不再是"猢狲"一般令人厌烦的装束，而是有些入眼，有些时尚。

丛志强未变。

村民变了。

入眼是什么意思？入眼的前提，是原来的格格不入。渐渐地，像是农家燕子的窝，允许路过的候鸟雏儿落脚，这是出于农家燕子的善良，还是出于远来候鸟对于燕子的引导，双方的因素都有。

这个变化很重要，比之在物质上的变化更为重要。哪怕是一丝一毫的变化，就如黑夜里，那一丝丝变化的黎明曙光。

蓄须与否，不要说这个祖国东部山区的小村，就算是时尚界，甚至体坛，都有一些惊诧不时出现。比如，2018 年 10 月 31 日，东方体育在《风云赛事》栏目上播出男篮黄金一代再聚首：战神蓄须，巴特尔消瘦，中国乔丹已经认不出。之后，引发网民围观。有媒体指出：男篮黄金一代久违合体，刘玉栋蓄须，蒋兴权白发苍苍，胡卫东认不出。这些蓄须的报道都成为热点。有网友评论：原本白嫩的他蓄起了小胡子反而更有男人味。

城里的时尚界甚至在讨论蓄须的问题。有专家说，自古以来胡须就是男子汉显示个性、表现风度、张扬自我的最好特征。现今很多男士留起了胡须，这不仅仅是一种潮流或跟风，也是男士们展现个性，显示雄性魅力的手段之一。然而一些男士不根据自己的脸形来蓄须，让人看了不免觉得比较难受。今天就告诉您如何蓄须。

有人进一步做起了导师。他分析古人有蓄须的习惯，讲究堂堂须眉。胡须长得好看威风的常获美髯公之美称。有人甚至旁征博引，世界上许多民族的男子都喜欢蓄胡。据说法国国王路易七世，因为剃掉胡子，王妃就不再喜欢他而后离婚改嫁了。蓄大胡子的英国国王亨利二世为王妃陪嫁的土地，与法国展开了300年的争夺土地之战，历史上称作胡子大战。

但是，当下，也不是谁都能蓄须的。一般来说，与职业有关。如果你选择了常规的职业，比如朝九晚五的公司，或者为人师表，那可能就得忍痛放弃蓄须的爱好和尝试，还是慎留为妙。因为它会和你的环境、职业不太协调，让你在一群西装笔挺、下巴光洁的白领中显得像个异类。如果你凑巧做的是一份跟"艺术"沾边儿的工作，比如艺术家、自由职业者、广告公司、时尚品牌公司、经纪人之类，那恭喜恭喜，你多半可以堂而皇之地留着小胡子招摇过市了。

原来男人蓄须，在时尚界里，也不是天下男人皆可行的。但是，作为艺术家的丛志强，他的身份得到了时尚界的认可，他就来到这里。

处在这个山岙的葛家村，时尚的到来，正如吹到这里的风一般，要比山外的慢了好多。年纪稍大的村民，知道村里的男人都蓄须，而没有胡子被讥笑为半雌雄。民国初年时，山外处处都有革命党剪男人辫子。这里的辫子依然如山里的树木一般茂盛。山外的怕剪辫子的人，都借着村里有亲戚而暂时躲在这里。这种蓄发的时尚已经深深潜入了他们的血液中。生命的存在感，远比时尚更为要紧。以往村里的教书先生是穿长衫的，后来穿起了中山装。最早的村民也是穿这种连襟的长衫的，后来村民也穿起了中山装，只是时间的先后而已。

当城里的知青下放到这里，他们带来的长发和喇叭裤，让少数村民特别是年纪大的村民很是看不起。他们认定这种发型和衣着打扮就是流氓和游民。想不到，村里年轻的村民，偷偷穿起了喇叭裤，养起长发，但都遭到父母的斥骂。

村里的习俗千年不变，思维状态不变，因此时尚之风很难侵入这里。但也有社会学家把这里当成传统习俗的光辉的残存和了不起的渊源所在。

天不变，道亦不变。

可是，这静静的一湖碧水，如何起的涟漪？去问丛志强的胡子吧。

丛志强这次来葛家村，不像上一次只带3个研究生。这一次的长期团队就有7人。分别是他，还有赵宏伊、张振馨、张莉苑、周洋、段红娇、张雨。短期外援来了5人，他们是黄波（人大农发学院）、陈庆军（东华大学）、刘东峰（山东师大美术学院）、李珂（湖北美院）、薛倩（一根火柴）。友情助力还来了20人，那是2019年国家艺术基金安徽大学项目团队。

丛志强这次进村，拉住他手的是村民葛得土，就是首次进村时嫌弃丛志强胡子和装束的人。

葛得土脸上全是笑容。有人问，丛教授是你家亲戚？

你才亲戚呢！葛得土骂他。

那，不是亲戚，为何上前拉手？

不是亲戚，葛得土的脖子忽然绽了一下，脸上居然不红，说，我与丛教授是家人，一家人，总比亲戚要亲吧。

你不是说丛教授是猢狲吗？

猢狲？葛得土笑着说，你才猢狲！

很多人上来握丛志强的手，葛得土只得把手里的手让予村民们。

我在采访大佳何镇党委书记李文斌时，他颇有感触地说，我们乡镇的同志，最为担心的是新农村建设的主人翁不到位，而由政府和外来的人在努力。政府和客人在奋力做，而主人则在一边看。不只是一边看，还一边指指点点。

　　一边的镇党委副书记庞金杰深有同感。他负责镇里的"三农"工作。有一次他与大家一起去一个村里检查卫生时，他看见扫得干干净净的村道上，有一个村民就在前边的村道上，扔了一只香蕉皮。大家都看到了他扔香蕉皮，而他也在扔的时候看到了大家。有同行的同志问他，为什么要扔？对方竟然振振有词地回答：我不扔，扫地人干什么？钱是政府出的，他没地可扫，拿不到钱，没饭吃了。

　　以前，都是政府财政投入，一边的镇长叶亦健也说，村民不配合，投入的效果和回报也是不多的。

　　我说，这是当前农村工作的普遍担心，我想葛家村在丛志强二次进入时，有了变化吧？

　　有，有，叶亦健回答，另两个人不断地点头。

　　在葛家村采访时，村支书葛海峰和第一书记王荣恩都在。葛海峰回忆起，丛志强教授他们第二次来村里时，明显地压力没有了，村里好多人将他们当成自己的亲人。甚至有村民请丛志强教授吃饭。丛志强问村干部，这样行吗？村干部说，行的。有人请吃饭，说明把您当成了亲人朋友。

　　可是，镇里还是投入了较多的精力。李文斌一次次跑村里，联村干部一次次地召集村干部开会，主要是组建了葛家村二期改造施工领导小组。时间是2019年7月5日至8月22日。

　　这小组的规划和层次都比较高，一边的王荣恩说，总顾问是县委副书记李贵军。总指挥是镇党委书记李文斌，副总指挥是王荣恩、葛海峰、葛太峰、顾华良。组建了7个小组，指定了组长。组长一般为现任或历任村干部，有一定的号召力和协调指挥能力。

　　第一组，葛思富。

　　第二组，葛品高。

　　第三组，葛万永。

第四组，葛三根。

第五组，葛运大。

第六组，葛桂仙。

第七组，周素兰。

每组的组员二三人，一般是干木匠或泥水匠的村民。

最主要的一点，是这些村民心中艺术之火被点燃了，好多村民都不知道自己身上也蕴藏着一个艺术之神；找到了自己是村庄建设主人的位置，意识到自己的村庄得自己建设，而以往，他们看着镇村的干部在干，有的当成别人的事一般看也不看，有的则立在一边指指点点，论长道短。

有一天晚上，有人躺在"人大椅"上看星星。星星在晚上特别地迷人。天的蔚蓝似乎就是为了映衬星星而存在。星星的点点亮光，似乎只有在这样的蔚蓝里才能闪耀。多美，多美。偏偏有人在一边咀嚼东西。很响，咯吱咯吱的。似乎在嚼甘蔗。伴随着吞咽的声音，他也分明感觉到那甜甜的甘蔗味。不，他从躺椅中一个鲤鱼打挺坐起来。他的动作，让一边吃甘蔗的村民也有些惊讶。

你，你要干什么？

不是我要干什么，是你！刚从躺椅立起的他说。

我要干什么？我在吃甘蔗啊！你，要吗？

对方居然是自己平日里走动的朋友。

不，不，椅边的人说，我是说，你吃了甘蔗，那甘蔗皮呢？

我，我扔了，朋友说，你要啊？

你疯了，我会要甘蔗皮？椅边人说，你把甘蔗皮扔地上，赶快捡起来。

吃甘蔗的人听了没有异议，马上弯腰捡起了甘蔗皮。

啊，这才对嘛，椅边人对朋友竖起了大拇指。

我，我这是习惯，习惯，朋友说，嗨，千万别以为我不尊重扫地的人。村里自从来了人民大学的老师，都干干净净了，地，还有人的脸。

坐，坐，椅边人说。朋友听话地坐在另一把椅子上，躺下。

看看星星吧，椅边人也躺下，这是我们童年的习惯，多少年没看了。

好美，好美，朋友在不远的躺椅上说。

然后两人聊天。先聊的是童年时那个同伴，儿子结婚了，女儿出嫁了，婚礼场面，趣事。再聊村里最近出现的变化，哪家生了孩子，哪家办了民宿，哪家后生哪家姑娘的衣裳变化，不是奇装异服，村里以往叫喇叭裤长头发为奇装异服，现在改称时尚了。有一家请丛志强去吃饭，据说是这一家的男孩子，眼下读初中，他看上了丛志强的胡子。他与父母说，他父母也没有反对。不反对，还支持。

丛志强的胡子，好美。

第二节　四君子院的风

我站在四君子院的时候，阳光姣好，吹过来的风，带着君子味。

君子是有味的。

"君子"一语，在先秦时专指"君王之子"，着重强调地位的崇高，一般的人不能使用。之后"君子"一词被赋予了道德的含义，自此，这词才让普天下有德行的人享此帝王的荣耀。

葛家村的君子之风原来很浓的。离村里不远的溪上方，是明代大儒方孝孺的故乡。方孝孺是历史上公认的具有君子之风韵的男子。一方水土养一方人。养育了方孝孺的这一带山乡水土，同样让葛家村和莘东畚里的读书人甚至普通的村民，都拥有君子的行为方式和风度。

什么叫君子？君子，德才兼备，文质彬彬，有所为有所不为，达则兼济天下，穷则独善其身，是两千多年来中国人追求的理想人格。君子处世，应像天一样，刚毅坚卓，发愤图强，永不停息；君子为人应如大地一般，厚实和顺，仁义道德，容载万物。

在方孝孺被朱棣灭了门后，这里的君子风仍然味道纯正，且浓浓的如山上葳蕤的草木，沿袭了几百年。然而，近来，几十年前，有一个大炼钢铁，将山上合抱粗的古树都砍光，用来烧炭炼钢；那些个接连不断的政治运动，将村民中残存的君子之风，扫荡殆尽。幸亏有了改革开放，集体的土地承包给了农户，农民富了，逝去的君子风却再也回归不了。或者只有残存，但味道大大地淡了。由原来的所谓"大公无私"，突然转向了"一切向钱看"，从一个极端，走向了另一个极端。财富的增长，物质的富裕，却容不下君子之风。

君子的"达则兼济天下，穷则独善其身"品质在这里荡然无存。比如承包土地的边界之争，多一犁之地，与少一犁之地；比如户与户之间的"滴水"之空间；比如一个只能盛下粪缸的所在；比如一棵树……如果是与集体争，则漫天叫价需要高额补偿；如果是与个人之争，则寸土不让，本来抬头不见低头见的村民，说翻脸就翻脸，本来和和气气的邻舍，转眼以邻为壑，虽然见面了仍然笑脸相对，内心却痛恨无比。

这正是负责全县包括农村地区精神文明建设的叶秀高部长所担心的。而政府的精神文明建设偏重城市，有限的力量还兼顾不到广大的农村，寻找一个有效的载体以改变这种落后的状态，是十分必要的。

采访丛志强的时候，他说，建这个院子，意味可谓深长。首先，他觉得这是已经过去的文明，得马上淘汰它，让新的文明状态代替它。其次，不仅仅是物质上的代替，得有精神上的代替。

一个从事美术教学研究的艺术学院教授，居然说了一通社会学家的话，让我颔首称是。

这是第三组在人民大学师生指导下完成设计施工的。组长在我面前回忆起那个时刻。臭，臭，他连说了两次。

我说，我到过那里，香哦。

他说的是施工改造前。丛志强他们领着大家从这里走过，马上掩起鼻子来。这不是闻不得臭，这只是一个生理感觉的正常反应。

走近时，才看见路边有一块乱哄哄的地方。原来是有房子的，临路还有一堵残破的墙。墙里没有了正经的房子，倒有几处低矮的搭建物。有的养了猪，有的在里边放了便桶，有的在里边存了木柴，还有堆了杂物垃圾的角落，还有空隙的地方，是菜地。这些冲人鼻子的味儿，就是从这里散发出来的。

这些味儿，在特殊历史阶段中，它如音乐一般美丽。尤其如"文革"后期城里知青下乡时，这些味儿与革命和农村贫下中农十分相近。但离开那些奇异的时代，它大多体现的是农耕时代的世俗味儿。

美是具有历史特质的。

从农耕时代过来的葛家村人，包括宁海县好多农村地区的人们，都觉得这存在没有太多的异议。

而一种文明的破坏，是由另一种更好文明的侵入实现的。

进而，丛志强他们细究这个所在的原因是，三四家共同拥有。有房子的时候，界线是十分清楚明白的，塌了房子，那些界线没了。但在每户人心里，却是记得每一寸属于自己的土地。

寸土如金，前提是将土视为金。

所以，东家在倒塌的地方，搭起简易小屋，屋里养猪，西家的搭建物里只放进一些柴火，南家没有东西可放，只放一两只便桶，北家没搭小屋就种菜。各家搭建之外还在空地上堆积无用的杂物。

一招一式，全为的是占住属于自己的地。

清空这里堆积的杂物和搭建物，在于清空一种已经被淘汰的文化。

这些个道理，经由北京来的老师分析和梳理，大家都觉得深刻。大家才知道，这做学问的与种田的，学攻各有所长嘛。

这块地有屋的时候，屋主是三户。屋倒塌时，其中的一户兄弟分家，户主变为四家。这个时候，由组长葛万永牵头，镇村两级干部，则全力给予支持配合。

农村工作的特性就是上门。自己上门，加上发动亲朋好友上门，让一切可以利用的关系上门，包括打电话、发微信。晓之以理，动之以情。好说歹说、软磨硬泡、温汤水煮鱼。可以动的脑筋都动了。这是当前中国农村环境下的农村工作的真实写照。

我的一些朋友在乡镇、村里工作，时常说起农村工作的难度。我说，你们现在的工作更有意义。之前的人民公社生产队时期，村民的工作不用做，都是队长或大队长一句话定夺的事。那时候的村民没有自己的任何权利，因为包括土地在内的财产都在集体，不是自己的。而自从农村土地承包权的诞生，让普通百姓拥有该有的权利，不是社会进步和文明的一种象征吗？

但是我在葛家村采访，当他们说起上门做工作的难度时，我不将自己的想法告诉他们，以免影响了他们的情绪。我是不是很世故？

在这里出现亮点的时刻，是其中一位村民站了出来。准确地说，是一位党员、退休教师。大名葛松茂。我在 2020 年 4 月 10 日走过四君子院时，他看到我在那里不断地观望，他从附近的住处走了出来。得知我的来意，就热情地互相握手、寒暄。彬彬有礼。我想，他就是当代村里的君子了。

他说，我是第一个站出来，响应丛教授和村里的号召的。

我从他眼光里，看到真挚。

我想，他作为党员，这个社会的脊梁，还有，他的长者身份。长者总是代表一个地方的道德水准。

我为他鼓掌，但只是在心里。当着他的面，我的鼓掌不妥，会让他觉得我这人有些浅薄。

另三位户主也一一做通思想了。最终，还是一个懂得村民心理的干部，出了一个主意。即保持现在拥有的界线不变，这些范围的宅基地属于四户户主。

为了保证这些界线，组长葛万永那天约了四户户主，在拆除了那些小屋，搬迁了那些杂物，清理了垃圾和平整了菜地后，在大家的众目睽睽之下，为那些界线喷漆。

红色的漆。红色的界线。为村民各自拥有，颜色鲜艳欲滴。

在这些明显的权利基础上，再由组长带领组员，在人民大学师生的指导下，一起设计，一起施工。

整个院子其实是两边有屋墙，另两边傍着路。靠近大路的地方，用卵石砌了狭长的花坛，栽了小竹，竹子已经成活了，正朝茂盛的方向发展。另一边，则是用卵石砌了一堵矮矮的墙，作为与路的界线。整个院子的建筑材料以溪上的卵石为主。一边是原色的，一边是黑色的。一黑一白之间，一条用大块卵石铺成的甬路作为衔接。那路呈 S 形，那黑白相间的卵石，就与道教中的阴阳符接近。

果然，在白色的一边，用卵石砌了一个圆形的座椅。圆椅中间，是同样用卵石作基石板作盖的桌椅组合。想象村民闲来时，在圆椅上团团围坐，饮茶聊天。

这一个小圆，是整个院子阴阳的能量聚焦点。

坐四人，捧四杯茶。是最佳的选择。

四代表四君子。四代表四方。

那四君子院四个字，就用绿色的漆写在对面的墙上。

眼下，正是阳光热烈时，这个时刻的村民都下地，都进工厂公司了，没人。趁着空闲，有村民在上面搭了竹架，在竹架上悬了很多笋片。阳光正在蒸干笋片上的水分。笋片正在成为美味的笋干。

这里的笋干特别具有正能量，因为它是在四君子院里成为笋干的。

四君子院，这个名称是丛志强起的。丛志强接受我采访的时候，他说，你是作家，这个名称的意思，你是懂的。

　　丛志强还在二期时打造了和美苑。据报道，和美苑的两户主人原本相互不和，但看到隔壁的仙绒美术馆美丽热闹起来后，也希望进行艺术改造，于是丛教授将他们两户院子合起来打造成"和美苑"，在提升庭院的同时，化解了积怨长久的一段恩怨，通过艺术振兴让两户人家重归于好。

　　我离开四君子院里，让这些天一直陪同我采访的小应，应可腾，为我们拍一个合照。小应是县委组织部下派村里的公务员选调生，挂职在村里，2019年9月28日到村里报到的，历时两年，得到2021年的9月份离职，是村里的团支部副书记，与村民叶仙绒一样，目前是村里的入党积极分子，做的工作却是第一书记的活儿。本届的第一书记王荣恩已经离开村里，新的第一书记还未到位。小应干活很卖力。虽然他不是这里的村民。

　　我以为，中国的村庄，需要真正的自治，依靠自身的力量，足够。让小应和其他帮村里干活儿的都回去干自己应该干的活儿。

　　中国农民不缺胳膊腿。

　　我和葛松茂都在照片里。笑。

　　小应为我们拍了三四张。我笑了三四次。

第三节　桂花王院和玉兰王院

　　葛家村原来没有桂花。

　　花无花有，花出花灭，花开花落，都是一种缘。

　　但是葛家村有好多花。家庭院子有月季，月月开花，日日给予人好心情。山上有杜鹃，春天的时候，烂漫一片，将人生的昌盛感强调到了无以复加的境界。

　　桂花的出现，代表了葛家村的另一个心情。当施工小组的村里人到达这里时，他们的心情与石门溪一样，水在流动，却没有浪花。当指导施工的师生抬头望时，就觉得这树冠蕴藏了好多。

这是葛家村的桂花王。这棵树的栽种龄已经 75 年。树龄可能更大一些。

量过了吗？怎么知道的树龄？一个学生问。

施工组组长葛万永没有直接回答，只是数指头，说，75 年了，那是 1946 年的台湾，有一个轰动天下的"2·28 事件"。

知道，知道，一个学过历史的学生说，那是一个知名的政治事件，国民党政府最初将它定性为暴动，死了好多人，血流遍地啊。后来，又被台湾当局予以平反。

一个学生打了一个喷嚏，掩着嘴，脸露不安，却指着那巨大的桂花树冠，仿佛那里有浓浓的血腥。

这棵树的树苗，就是一个村民，从那里带回大陆带回村里的。

村民？普通村民？学生问。

不，不是普通村民，村里人说，是君子，以往，村里，附近的村里，好多君子。他们在年幼的时候，就如乡贤方孝孺一样饱读诗书，70 多年前，外族入侵，国家有难，他们纷纷投笔从戎。村里的葛培林就是一个。

几个从人民大学来的学生聚在村民身边，静心谛听村民的讲述。在美术领域，在他们的专业领域，他们掌握的知识要比这里的村民多得多，可是，面对这棵树，他们连皮毛也没有掌握。

葛培林去台湾与胡福相（1909—1972）有关。胡福相是邻村胡家村的村民，毕业于宁海中学和浙江省警官学校正科第一期。民国十九年（1930）考取公费留学日本，先后毕业于日本警察大学和明治大学法律系。回国后，历任福建省建阳县、永春县县长，中央设计局专门委员等职。抗日战争后期任中央警官学校二分校副校长。1945 年，抗日战争胜利，台湾省光复，胡氏率 1000 多名警察干部训练班学生赴台湾，参加日本受降典礼，接管台湾全省警务，并出任台湾省行政长官公署首任警务处长，统管全省警政。台湾"2·28"事件后被撤。胡福相也是一个家乡情结非常深厚的人。他在福建省建阳县、永春县的县长任上时，量才使用接纳了来自家乡宁海的亲眷朋友。后来去台湾参加对日受降，也带走了一批他手下的家乡人，他们是：陈盛湖、林开治、胡石文、陈冠唐、林天纲（大佳何镇涨坑村人）、童葆昭等人。其中就有葛培林。葛培林毕业于复旦大学，后在台任警务处专员、主任秘书，是胡福相的好帮手。

大家想象葛培林离开台湾时的情景，那是恋恋不舍，那是骨肉分离，但是，后来的有关文件解密后证实，那个时候，他就是在党旗下宣誓过的地下党员，他身上负有特殊的使命，是组织上派他利用老乡身份靠拢和潜伏在胡福相身边的特工。但是，他没有欺骗胡福相。他与胡福相希望民族团结国家统一兴旺发达人民幸福的大目标是一致的。

离开宝岛的一刻，恨不得将整个岛的泥土抓起，放进怀里带来大陆，可是，他带来的只是五棵家乡少有的树苗。三棵桂花树苗，一棵广玉兰树苗，另一棵是柚子树苗。他要让宝岛的生命长在大陆，长在家乡，离大陆近一些，离他近一些。

他回家后不久就去杭州当了教师。"文革"时，他遭受不公正待遇，造反派将他作为"国民党台湾特务"进而游街示众和批斗。直到"文革"后，国家有关部门的文件解密，才将"国民党台湾特务"的假身份撕去，还原其真正的红色身份。值得肯定的是，他在遭受冤屈时，也时时保护党的秘密。这样的人，不是君子是什么？

君子就是眼前的这棵桂花树。

我不断地追根究底让我的文学创作得到营养。我从葛万永嘴里得知，桂花树苗的另两棵都活着，一棵种植在大佳何镇葛培林当年任溪下小学校长的文昌阁——现在的中学里，就靠近路边，驾车从这里经过，都能一睹它的芳容。另一棵就种在附近，葛松茂原来的院子里。玉兰树也在另一个院子。柚子树也在村子里不断地开花结果。

有幸的是，1978年的村党支部书记葛昌乾，想到的是种植桂花带领村民致富。于是，桂花无性繁殖扦插育苗开始了，两年后的 1981 年，苗圃产出桂花苗。全村推广种植，逐步形成全村桂花种植面积 800 余亩的规模。先售苗种，后售成品树。村民逐渐认识到这是一条致富门路。

大佳何镇及时发现了这个契机，在 2015 年开始"桂语小镇"的建设，就是想放大桂花的效应。

如何借桂花之香将全镇文化寓意和象征进一步传播开来，将生态优势转化成经济效益，这都是镇党委镇政府思考的问题。

在桂花林里建设花径路，搭建木栈道，建设九宫格广场并完工。大佳何镇党委镇政府全力推进这项工作，首届桂花节于 2016 年 9 月 25 日在村里隆重举办。

眼前的桂花树默默无语，前些年逝去的葛培林也默默无语，甚至那个村的支书葛昌乾也默默无闻，但是唐代诗人王维的诗意渐渐展示出来，挡也挡不住。

人闲桂花落，夜静春山空。

月出惊山鸟，时鸣春涧中。

但目前这棵桂花王，处在深院杂物中无人识。他们要在这里建起桂花王院，困难是明显的。现在院子里居住着葛培林的两个兄弟的家人。兄弟去世后，嫂子与弟媳是户主。她们担心艺术改造完成后，会被村集体占为公共空间。葛万永回忆，村主任葛太峰与他一起上门做通两位户主的思想工作，并答应签订协议。协议中明确规定，桂花王院建成后，宅基地归原户主所有，如果今后要拆建翻新造新居，一切归户主决定并使用。

我站在桂花王院时，看到桂花王仍然是一棵桂花树，大大的树冠，香香的花，没有任何改变。可是它的生长环境改变了。万物有灵，树是有心的。

桂花树只是以更美的心态活着。

只是做到这一点，有些难。

　　说着，我们就来到了玉兰王院。为何称王，因为与桂花王同年栽种。桂花称王，也不能亏待了玉兰。

　　栽种玉兰的院子，也是葛培林家的院子。新中国成立后，被以地主浮财的形式分给了相对贫穷的村民。其实葛培林在此时可以亮明他在台湾时地下党身份的，如果亮明了身份，这些房产就完全有可能另当别论，最起码家族不会被评定为地主身份。葛培林却不。

　　财产事小，初心事大。

　　与桂花王院，只是隔了一条路。抬头看时，那院门用木料构成，只是两根柱子，一根横担，犹如古代轩的造型，古朴雅致。因为高出道路好多，原来的围墙上，用石头砖头叠起城墙垛。熟悉这里旧貌的村民告诉我，这里原来没有这样的建筑。这是艺术家驻村时用艺术改造庭院时建的。

　　原来什么样子？我低下头去请教他。

　　他盯了我一眼。说，乱糟糟的，但是大家都习惯了，觉得居所就是这样的。特别是，当你出生时，就是这样的环境，你就觉得世界就是这样的。

　　这样更美一些，他不经我问，就提前将他的想法告诉了我。我对他竖起大拇指。他说，我不是想获得你的称赞才与你说这番话的。这是一个村民目前最普遍的想法。

　　为什么？我问。

　　美的诱惑，实在是大，他说着摸了摸后脑勺，有些不好意思，笑了，露出了一嘴的白牙。这牙，白得好看。

　　也是担心土地损失呀，葛万永说，这是住户最普遍的担心。

　　此刻，我站在已经改造后的玉兰树王下。这么多年树龄的玉兰树，不美也做不到。

　　这个院子的户主一共有8户，目前住了4户。他们原来的集体意见，不需要改造，干净不干净，美不美，无关紧要。一棵原先种植于院内的桂花树，也被现在的住户卖掉了。现在仍然存活于这片土地上。

村干部用的是当下特色的上门做工作。由于是同村，由于是村干部，由于是晓之以理，动之以情，所以，住户说，好的，好的。

可是，反反复复。住户白天答应的，晚上就推翻。晚上说好，明天一早就说不好。

有干部说，这种情况出现过两次。有别的干部说，不止，有三次之多。

我暗暗为这些村民叫好，虽然他们表面的诚实有问题，但内心还是真诚的。真诚的是面对自己的财产，不容他人侵袭。这是时代的进步。因为时代容许了私人财产的合法性存在。

最后落实了住户的要紧处。签协议，保证他们对于宅基地的拥有和使用权。

问题，在最要紧处，解决了。

住户还同意拆去围墙内原来倒塌的小屋，建了一个木制长廊。古色古香，却又十分时尚。

户主之一的葛伟军，主动拿出木料，与施工组一起前去奉化一个村庄，并依照这个村庄的牌坊造型，两根柱子，一个横担，构建了这个院子复古的大门。

门因为没有门扇，就时时敞开着。

风可进，阳光可进，飞鸟可进。如果你想进，也可。

门敞开的是住户的胸襟。

不可小看，这是中国农民的胸襟。

第五章

精品意识　创造精神

第一节　门楼和仙人掌酒吧

教授路是葛家村的骄傲。在这个路口设置一个门楼，是村支书葛海峰一直在想的。

我几次采访葛海峰，也采访了村主任葛太峰等村干部，我觉得他们都优秀。葛海峰说，我的前任，前任的前任，都很优秀，我的这一届同事，也都互相配合得很好，很优秀。

从村一级干部嘴里听到这些话，我很惊讶。但想想也正常，村级也是一级官。谦虚，大度。一个普通村民说不出这样的话。官话是官场的普通话。这里边的修养，是相应政治力量的显示。

教授完成的是一期的作品。美中不足，或者皇冠上缺乏一颗珍珠，那就是门楼。

葛海峰在接受我的采访时说，作为村里的支书，他不管具体的一个个改造项目。从第二期开始，村里组织了7个施工小组，每个组均有组长。而他只负责全面。全面的内容很多，比如后勤接待（包括向外来参观的人讲解）、资金协调、政策处理协调、村民纠纷调解、解决施工材料困难等等，这里边都是政治术语，但他是和我说的这些话，他与普通的村民肯定是说另样的话。

只是这座门楼，是他领着大家一起干的。

起因是葛品高。也不仅仅是葛品高。

起因葛品高的是，葛品高是二组组长。他在县城四季国际商业综合体内发现一家酒店歇业。酒店里大量的装饰材料弃为废品。店方宣布，谁要谁拿走。此举也为店家省下一笔拆除和运输的费用。而废品是放错位置的资源。

葛海峰说，我们要，村里正需要，我们一起去拆了来。

这句话就道出了另一个原因。葛海峰介绍村里的集体经济收入，每年的经营性收入只有 18 万元，分别来自山林、房租金和海塘鱼塘承包经营费。这些钱，这么大一个村庄，能管什么用？当然，村里还有别的更大的收入，那是以各种名义争取的政府拨款，这里边的弹性十分大，有的村能有几十万甚至上百万的拨款，而有的村只有数万元，甚至是零。这是另外的话题。现在就说这个依靠自身力量取得的收入，它只是日常的工作经费，不能用来搞村庄建设。故当时镇里、村里选择丛志强团队进驻村里，就有这个根本性的考虑。

少花钱，或者不花钱，用艺术的手法，用艺术的观点，让村庄美起来。用村民的话说，这是做梦吃绿豆芽，想得美，却是梦。

但他们现在就在实现这样的梦。

由于村支书的筹划，一个拆旧取宝小组迅速组建，开了两辆大货车，雇了 12 名小工，浩浩荡荡地从山角落的葛家村，向几十公里外的县城进发。

那是鸡也不叫的深夜时间，连星星都累了，懒得再眨眼，呆呆地挂在天幕上。一群人却摩拳擦掌，要闹一个盆满钵满才罢休。

因为是大型商业综合体，只是一家酒店歇业，不影响那里的商业繁华。从白天到晚上 10 点的营业时间，不允许货车进入这个区域，也不允许在其中某一个店里作业施工。

有个村民年轻的时候，读过高玉宝写黑心地主老财在半夜学鸡叫骗取长工下地干活的课文，就指指葛海峰和葛品高，开玩笑说，半夜鸡叫，半夜鸡叫！

别废话，有人更是开玩笑，财主那是剥削，你现在是就业，你得感恩！如果不是，你跳下车走人试试，马上有更多人上车来。

哈哈哈。笑声惊起了一树宿鸟。现在农民的调侃和幽默，不比城里人差到哪里去了。所以当艺术氛围浓郁到一个山村，村民都能笑而纳之，连半点推却也不曾。

进入商业区，白天的气息还有残存。但最后仍然被夜色彻底遮蔽了。进入歇业的酒店，村民被看似豪华的装饰惊呆。这，这，如何下得去手？

拆吧，拆吧。有人说，我们拆了，是让它在别地儿再活着。如果我们不要，别人拆了是当废物。

叮叮当当。有人就说，轻手轻脚，小点声，这可是连狗都睡了的时间。有人嗤的一声笑，哪有狗？是你家院子啊，看家护院看婆娘需要，这，是城里呢。被讥笑的人反击，说，说你是山里角落的人，果然是，现在城里的狗，进入排行榜，就有五种。你可知道？德牧、金毛、吉娃娃、斗牛犬、边牧。你一种也没有听说过，傻了眼了吧。

干活，干活，天都要亮了。

天亮了，这里就不属于我们了。

果然，将拆下的装饰材料搬到室外，装车，驶出商业区，在街头的通宵店里，每人吃了一些点心，车子又驶出城区，再曲里拐弯地回到葛家村。村里的鸡早叫了，狗也狠狠地叫。狗叫不是为了他们，而是天边有了亮色。狗在黑的时候不叫，亮的时候不叫，只是在天色变化的时候叫。

第二个晚上，继续。

一个酒店看上去顺眼的材料，都给拆回来了。看守酒店的还抱拳感谢他们。给了东西，还感谢，直让葛家村的村民感动。

葛海峰就把目光盯准教授路空空荡荡的村口。这条路经丛志强老师和村民的努力，已经打扮得十分漂亮，只是村口空着，就如穿了西装衬衫缺了领带一样令人遗憾。

葛海峰设计，组织施工，古色古香，我看颇有大唐遗风的门楼终于落成。门楼上的题词来自丛志强。

融合设计艺术村

7个字，用黄粉加漆描成，金光闪闪。

这个门楼要比西装衬衫上的领带有意义多了。葛海峰用别人丢弃的废品建成品质俱佳的门楼，在这里再次向世人宣布，中国农民眼下缺的不是财富，而是美的思想和方式。而丛志强的题词也是一种理想。他的理想是中国知识分子的理想，他是要用自己的融合设计实践来唤起村民的内生动力。

艺术家是唤醒者。唤醒的不仅仅是村民对于美的创造和向往，还在于村民建设自己家园的主人翁意识的回归。这多少有些让艺术家进入社会学家、政治家的范畴。

我有一次问丛志强，这样值得吗？

值得，他认真地回答和点头。

两个晚上从城里歇业酒店拆来的材料，除了搭建教授路的门楼，更多的还用在仙人掌酒吧、规知院、玉兰王院和卧溪院。村展厅里长达3.5米的船桌和两条长凳，也是取自那里。

尤其是仙人掌酒吧。

好多外地来葛家村游玩的客人，一般要去一下村里的酒吧。他们是图新奇来的，这新奇里有一股对新生活的憧憬。在他们的概念里，农村就是乡野。而乡野有了城市才有的酒吧。

到了酒吧，他们就对酒吧的名称有些猜想。仙人掌是热带植物，以为这里与遥远的非洲有什么浪漫的关联。酒吧主人在的时候，或者主人不在店员在的时候，都会带客人出了后门，指着后墙雨披上搁着的好多盆栽仙人掌说，这是店主在童年的时候就栽下的。

酒吧的主人是葛品高。

为了采访仙人掌酒吧，我去过酒吧，后来在他民宿里的读书吧里再次见过他。

去酒吧是在白天，里边基本没有顾客，只有酒吧特有的酒香和使人昏昏然又蠢蠢欲动的光线。葛品高指着那些高脚矮脚的凳子桌子，还有周边的装潢说，那材料都是从城里歇业酒店拆来搬来重新制作的。

我笑起来。

笑什么？他问。

你，也是一个大老板啊。

他也笑起来，说，宁海是全国生态县，虽是农民，也得生态起来，他又笑，废物是放错位置的资源呢。

今年 39 岁的葛品高，本届村委成员，也是一位成功的商人，家里现有两爿药店、七八家服装店。这一切，得益于他的父亲。早在生产队时期，父亲就想经商，可是制度不允许，但仍然私下做一些小生意。终于盼来了这一天，有经商头脑的父亲，将本村村民的竹子、木材贩运到山外，赚取了第一桶金。可是，赚钱了还是村民。于是，对村里的事还是像对待家里的事一样热心。

一些外地来的年轻人，走在美好的葛家村，看看山是美的，水是美的。这与宁海各地农村是一样的。看看村庄是干净的，房子是整洁的，也与别村差不多。不同的是，这里的美，已经渗入村庄道路，甚至一个转角也有一个赏心悦目的艺术品装置，走到广场，甚至随便走入哪一个家庭，也是令他们眼前一亮。

年轻人走啊走，有时候借着月色，有时候借着村庄的狗吠鸡鸣，一直走啊走，终于顺风飘来一阵咖啡香、酒香和悦耳的音乐。年轻人还不相信自己的鼻子和耳朵，以为自己正在兴头之上，任何的幻觉都是与诗一样产生的。

也许，之前的年轻人，也与他一样，在这里寻寻觅觅，就没有这样的幸运。

这样的事发生在 2019 年 8 月。年轻的葛品高在这里创办了村庄里有史以来的第一个酒吧。他知道有人在寻找。

用歇业酒店拆来的材料，带有城市酒的芬芳，城市梦的痕迹，在这里建一座乡村酒店，这是恰如其分的利用和生命延续。

关键是，让城里来的年轻人，让外地来的年轻人，发现这里不仅美，而且有想象，有不安分的心，有诗。

这些带有野味的诗，更有味儿。

我是坐在葛品高民宿二楼的读书吧，谈论当今农村年轻人的诗歌梦的。这是他对于村庄文化的兴旺又一个拾柴添薪之举。

我不时侧眼看一下旁边的书架。书架很美。我不知道是来自城里哪一个旧书店，还是新做的。问这些已经没有意义了。重点在于，那些书架上，有的放上了书，有些还空在那里。已经立在这里的书，我还可以去翻看一下，书名甚至书的内容。空在那里的书架呢？它们以后立着的会是哪些书？会是哪些内容？

这当然是另一层次另一个境界的问题。而当下要紧的话题，是如何让这里发挥应有的作用，而不仅仅是一个装置，或者是摆设。

这不成问题，葛品高说。他的商业集团公司有好多员工，员工的休养会利用包括酒吧、民宿在内的村里的设施，也离不开这个读书吧。另外，更多地向村民开放。村里的环境美了，人美了，心美了，就需要读书。

读书与一切美好是相通的。

第二节　村里有一个葛得土是幸运的

丛志强背着包，用下巴蓄胡子的嘴问别人什么什么的。就是他，葛得土，让村民别理睬他。

猢狲一样的，莫非是拐子。

就是他在背后指着丛志强说的。

猢狲是用来形容人的猥琐，拐子就是骗子，都不是好话。中国农村的农民，相对城市市民来说，显得朴实，真诚，一般不说人坏话。

但丛志强以葛得土的审美上不能容忍的形象，贸然出现，这就出现水与油的问题。虽然同是明晃晃的能够流动的液体，可是不能融合。

不仅如此，丛志强在最初的几个农户家里策划帮助艺术改造和施工，他就一户一户上门去，相劝他们得擦亮眼睛，免得被外地人骗去财物什么的。有时候，当着丛志强的面，有时候，他们不在。丛志强在，也听不懂他的当地土话。这可能也是葛得土敢于说的原因。

哦，哦，谢谢你，我们会当心的，户主说，我们是有眼睛的，有心的。

葛得土又语重心长地劝说，看到别人不点头，不把他当回事，他又咬着牙，恨铁不成钢。但乡亲们都把他当成好人，自古以来，好话如糖，坏话如刀。可乡亲们懂，有时候刀比糖更有用。

我在葛家村采访时，唯有对他尊重。我后来问了丛志强。他说，他们已经是好朋友。我问葛得土，葛得土点了头，以他缺了门牙的嘴说，确实是，我们成了好朋友。

有人劝我，多写写村里有正能量的村民。他们不说村干部风凉话，听话，或者很听话，支持村里的事业，干部一说马上行动的，与干部一条心的。有人干脆说，这人就是搅屎棍儿，刺儿头，就是北方人嘴里的愣头青。

这话让我很是震动。这个人把话说到这个高度，让我不得不好好思量。中国农村几千年来，依靠的是宗族势力和皇权势力治理。前者的力量会比后者更强一些。因为"皇权不下县，县下惟宗族"是我国古代封建社会常见的基本治理方式，即在农村实行乡绅自治。

宗族其实就是一个个小皇家。宗族能容忍搅屎棍儿、刺儿头和愣头青吗？不能。清末至民国，皇权不可抑制地向村延伸，于是有了保长组织。而新中国建立后，这种局面更甚，从最初的农会组织，到后来的生产大队，再到后来的村支部、村委会、村监会"三套马车"。从清末开始的这些村组织，喜欢搅屎棍儿和愣头青吗？不喜欢。

我所在的宁海县，在前几年做了一件足以让中国农村民主进步的事。那就是誉满天下的《村级小微权力清单三十六条》。它的意义，就是让搅屎棍儿、刺儿头和愣头青有了合法说话的权利。村干部干事之前，首先得看看这些清单。越过了这些规定的线，村民都有权利纠正。

其实，不管你容忍不容忍，不管你喜欢不喜欢，搅屎棍儿和愣头青一直坚实地坚强地存在。因为这些权利是上天赋予的。

不是我太脆弱，是中国农村太脆弱了。我们应该需要说真话的人，需要搅屎棍儿、刺儿头和愣头青，这在宁海县受到明文保护。

有了这些想法，我就坚决地想采访葛得土。这种采访，也是一种进步。

2020年4月13日，一个阳光明媚的下午。我到了葛得土的家，看到了今年71岁的他。

他说，村干部办不通理的事，老百姓不落肚（不称心）的事，让我签字我不签，我就要骂。在开会的会场，我不怕，我就骂。

我想象葛得土骂时的样子。

是笑着骂？还是铁青着脸骂？还是我不知道的别的形式的骂？反正是骂。

葛得土骂的时候，周围村民的样子有保持沉默的，有支持他的，也有反对他的。这三种情形可以进一步作出分析。

葛得土骂的时候，台上村干部（有时候有镇里的联村干部一起）的样子。眼睛瞧着别处当作没有听到的，摆摆手让停的，走下台来说悄悄话的。还有我不知道的形式。

葛得土说，他很喜欢读书。只读了一年级，第一册、第二册，就没再读了，就放牛。记得放牛那年是虚岁12岁。父母生了三兄弟，还有四姐妹，我是老五。后来，我实在喜欢读书，就读了夜书（夜校）。

自己生了一儿一女。孙女19岁。孙子10岁。

儿子开了三爿店。包括鸭脖店，还有超市。自己衣食无忧，颐养天年。

我问，你说过丛教授什么？

说过，葛得土说，我说他背了包，留了个胡子，猢狲一样，有可能是拐子、骗子。

葛得土似乎是一个高人。对一般别人嘴里称赞的人不屑一顾。他看了我一眼，仿佛也在称称我的分量。看了以后，在他眼里没有明显的表示。我心里也慌了一下。

他忽然说，我第一个就点了一个丛教授的败笔。就是往电线杆上绑竹筒，在竹筒里栽上花。好多竹筒，好多花。花开了，好看，真的好看，本来一个光溜溜的水泥电线杆，这样一弄，好看。丛教授这帮人，脑壳是聪明的。这个点子，别人为什么想不到呢？可我说，花会死。果然，死了。为什么？竹筒小，遇到热天，里边是高温，热岛原理，有热散不出，里边的花草自然得死。

我果然对葛得土刮目相看，因为一个农民，居然知道热岛原理。他只是读过两册书，只是他的读书欲望强过一般人。

丛教授果真是个好人，他说，聪明人。

我看他夸奖人时，目光是真诚的，但总是带着那种微笑。有人以为，这是农民式的卑微。我以为不是，我以为这是获得自尊的后果。

葛得土继续介绍丛志强来他家的情况。我在采访时听到，丛志强知道葛得土在人前背后对自己与自己的行为有些异议。在这个背景下，他能够放下一个教授的身份，来到异议者住处，是一种大度。不，丛志强几次对我说，我是来向农民学习的。

此刻，丛志强就站在葛得土面前，就在他的院子里。丛志强看到葛得土的院子有些朴素。朴素是客气的说法，其实就是简陋，还有一些乱和脏。

我想，丛志强笑着说，帮您设计一些东西。丛志强的笑是真诚的，说的话也是真诚的。他知道农村登访人家门，是需要见面礼的。

我不要，葛得土也笑着，还有微微吃惊，说，您的设计不好。

葛得土的笑是真诚的，说的话也是真诚的。微微吃惊的是丛教授不计前嫌——背后说他的坏话他肯定是听到了嘛，而且没有半点大城市知名大学教授的架子，这，非常了不得。

不好吗？丛志强一下子来了兴趣，说，说来听听。一副洗耳恭听的样子。因为之前，他没有听到别人当面否定的话。

我在采访的时候，没有得到他们见面时更为详尽的谈话过程记录。作家在写作真实的纪实作品时，有其取舍。我相信讲述者也一定将自以为最重要的内容复述一遍。我按农村习俗分析，当客人第一次上门来，且是带着诚恳的态度，主人一般不会将批评或否定的话说在前边。加上这里是大儒的故乡，民风淳朴敦厚。我猜想葛得土在说批评话之前，肯定说了丛志强不少好话。但只是我的猜想。

您所设计采用的材料，主要是石头和毛竹。葛得土对丛志强说，我认为毛竹要烂。

烂就是腐烂，容易腐烂。

葛得土是从丛志强的材料开始否定他。在葛得土的概念里，材料也是设计的一部分，密不可分。

丛志强点了点头。

让竹子制品在风吹雨淋日晒之下不腐烂，或者减少腐烂的进程，是一个世界级的难题。我在采访宁海的十里红妆文化园时，看到里边采用了很多竹制品。防腐是他们最为头疼的事。不仅是露天的，屋内的如遇通风条件不好，也可以让竹制品发霉变质而降低使用质量。中国竹制品加工业亟待提高防腐水平。

丛志强的点头是大度的，也代表了中国竹制品加工业向一个老农民致歉。

他们用各自的手握住了对方的手。

这一个握手不简单。

我会自己给自己院子设计的，葛得土最后说，慢慢来。

其实，丛志强隐隐记得，他在帮助村民设计时，总是在各种场合看到葛得土的眼睛。甚至他上门劝说村民不要上当时，老人的眼睛也没有空闲过。有时候，他的话早说完了，葛得土还借口留在现场。这一双关注不停的眼睛哦。

这以后，村里人发现，葛得土像是变了一个人似的。眼睛里的光芒也多了些。

石门溪边安装石栏杆。他出现在现场，他不是施工人员，他只是盯着施工人员，用电锯切割有花形的石柱。就是在白天，那电锯嗞嗞响着，将一些亮亮的火花爆亮。

葛得土不是为看这些火花才来这里的。他只是将施工人员锯下的柱子碎头捡起来，本来是要扔掉的废品。给我，给我吧，葛得土与他们说。

一个，一个，又一个，他将它们收集好，用电瓶车载回家来。隔天，现场施工时，他又来了。盯着那些火花看，然后捡起地上的柱子碎头。

邻居常常说，看看，他又把宝贝运回家了。但谁也不知道他要捡这些废品干什么。

最后，当葛得土光光的院墙头，出现了草子（苜蓿）花的方块艺术小品时，他们才知道，这都是葛得土用那些柱子碎头拼装的，好看。

人们又发现村里的婚丧喜事酒宴上，总有他的影子。有时候，酒宴与他无关。原来他在捡拾宴会中废弃的海螺壳。渐渐地，他家里的艺术摆件，一个个精彩纷呈，造型独特，构思奇妙，那是捡的海螺壳制成的。

丛志强和他的学生都说好。向葛得土要了好几次，丛志强要选一件他的代表作带到北京去，让他的同行瞧瞧，这是一个浙东普通农民制作的艺术佳作。

葛得土制作了好多艺术摆件，用了当地随手可取的材料，就是没有用上毛竹。后来我问了好几个村干部，葛得土常常表示不同于村里的意见。干部说，他说的都在理上。

丛志强后来组织了一批农民艺术家去北京的人民大学讲台讲学。要请他，他推辞了。说，让年轻人去，年轻人去。

第三节　村民的创造火花有多璀璨

12 个村民好大胆。

50 根毛竹长在山上，他们把它砍了，背了回来。

毛竹在山上有些什么作用，把它们自己长成风景吗？嗯，是的。但山高路远，没有人赏识。孤零零的风景不是美。让它们继续长出新笋来，这样持续的绿色生长，确实也有意义。

可村民让这些毛竹用来写诗，如何？

被艺术家感染并启迪的村民的智慧，呈现爆发之势。

也只是驻村艺术家师生的一个想法，说是用山上的毛竹可以做一个灯光秀，连草图也没有。

这 12 个村民马上就行动起来。这个组的组长是葛运大。他说他们选了一个空地，竖起毛竹来，像是树起他们的理想。

师生告诉村民，50 根毛竹得有高矮，这样才错落有致，这叫错落美。村民们就发挥创造力，将毛竹锯成长长短短的。村民们想将毛竹镂空了，露出透光的小窗。

师生告诉村民，这镂空得有形状位置的变化，这叫参差美。村民们就发挥想象力，将毛竹镂空成理想状态。毛竹空管里装上发光灯具。

　　一入夜，天上星星出来的时候，村民打开灯，配上音乐。灯光从高矮不一参差变化的毛竹管内透出来，一闪一闪的，美得让天上的星星也羞愧不如，掩了脸躲进云里。为了感谢中国人民大学艺术学院的师生，村民将这一组用毛竹制成的灯光秀取名为"人大之光"。

　　有一个细节十分重要。当时按照师生的意见，那些毛竹被混凝土固定在场地上，葛运大觉得不行，毛竹易腐，就在固定毛竹的地方，用稍大于毛竹的塑料管预埋。50棵毛竹就被插在塑料管里，方便维修调换。这把葛得土的担心弥补了一下，但这不是专业人士的技艺，而是一个普通农民的智慧。

　　这样产生的灯光秀，就有诗的浪漫想象和内涵。

　　村里建了停车场，平平的，缺乏一些美。这是现在村民的想法，以往他们从未这样思考过。葛运大画的设计图纸。六七个村民一起参与，好多鹅卵石，竖的石头和卧的石头，全是从石门溪捡的抬的运的，上山又砍了一些毛竹，铺了草坪，种了两株红枫一株柏树。他们又一起用这些东西建了一个枯山水艺术节点。看上去，这些东西成了有机的生命组合，虽是枯的，却能令人感觉风云激荡泉水咕咕花开花落。而以往，他们打死也不相信，这些东西与美有关，且是自己创造的。

　　山上毛竹能够制作风铃吗？能。村民从山上砍下毛竹来，将其一段段截开，漆上花花绿绿的油漆，用绳子悬在村里九宫格广场已经建成的长廊里。风一来，它们就互相碰撞，发出竹子才有的响声。这响声会吸引空中的鸟，那些飞过的候鸟也停下翅膀，瞧一眼这些怪怪的风铃。它们坚信在这里接了力，翅膀的力量变得更为强大。这五颜六色的风铃更能招孩子，一群群的孩子，在这里流连忘返。

　　村民变得更自信。葛得土是村民中自信的典范。他也变得更会挑理挑事儿，他思想的锋芒更为锐利。可喜的是，他周围的环境变化了。人们更为接受他的挑理挑事儿，包括村干部，有事总要按照《村级小微权力清单三十六条》的规定，找找葛得土，找找与他一样秉性的村民，从他们身上吸收营养。

人大师生在村口建了一个竹木制成的大型装置艺术小品：草船借箭。原来的设计高度达 4.5 米，参加施工建设的村民葛诗富，他今年 56 岁，党员，是镇里聘用的专职消防队的队长。除了消防救急，一般他都在村里。他看着图纸直摇头，设计的师生看他摇头就问他，是不是图纸有毛病？他点头，直说，造型不错，高度太高。设计者说，我是经过计算的，这个高度是有力学根据的。他说，我不懂力学。我懂这里的天气。每年夏秋之际，都有强台风经过。这个高度，可能扛不住，建议修改一下。设计者点头。他从对方自信的目光中，觉得这事得接受村民的建议。于是，再经过精密的测算，充分考虑了气候条件，高度调整为 3.5 米。

古代草船借的是箭，现代草船借的是村民的智慧。而这正是这个时代的进步。

村民有了奉献精神。经过人大师生主导村民共同参与的村庄二期打造，葛家村迅即成为网红村，参观的人流大增，急需要一处房屋作为展厅。四处寻找，看到有一个院子空闲着。主人曾经是村里支书，已经去世，孩子们都在山外或者城里居住，独留其 83 岁的妻子居住。镇党委书记李文斌在我采访时仍然十分感动，因为这事已经发生半年多了。他说他当时看准这所房子，抱着试试的态度让村干部上门做工作去。他记得有一次他下村时，83 岁的老人当他面说，这是为大家办好事，我们支持，当家的活着，一定也会这样说。

她所说的支持就是愿意让出三间大屋，包括西边的空地和整个院子，作为村里的展厅之用。她的要求很小，身体尚好时入住镇敬老院，自己会付入住费用，不需要公家负担。在院子的厢房留一间让其身体不佳时居住，直到过世。老人老在属于自己的屋里，这是当地的风俗。老人说到这里时停了停，看着李文斌，说，我作古了，把这最后一间也给村里作展厅用。李文斌回忆，自己感动的泪水就是此刻流下的。

除一间厢房外，其余的房子和院子全部进行了艺术化改造，家人都给予了最大的支持协助。院子的西边空地，参与施工的村民觉得，这里该有一个装置。

村民这样表达，以前从来没有。村民的感觉，更是以往农民没有的。他们的目光有了艺术的质地。

葛诗富与葛得土共同设计了一个竹亭子。

让人感动的是，他们上山在村民葛万标的竹林砍下毛竹2500公斤，主人分文不收。

村庄展厅通过图片和视频，将一个村庄的艺术改造史栩栩如生地展示给众人。展厅背后的故事更让人感动。

巾帼画院，原来是村民葛桂仙闲置的两间屋。我在采访她时，她说，作为入党十年的党员、村委、妇女主任，理应为村庄建设作出奉献。我在现场看到，这两间屋处在路口，据说以前开过点心店，是村庄的热闹地。村里有了前届村委周素兰她们一起用旧衣服制成的树虫，还有几处供孩童游玩的装置，但缺少能够激发妇女儿童创造欲望的所在，所以，巾帼画院应运而生。

画院的墙上，贴满了妇女儿童制作的布贴画和各类美术作品。我看到好多幅特别富有创造力的佳作。问画院的主人，答，正是村里妇女儿童的作品，如假包换。我坐在画院中的长桌前，桌上放了一大摞小朋友的作品，还有《中国妇女》《宁波日报》《今日宁海》等报刊。此刻，除了我与陪我采访的小应，还有院主葛桂仙，没有别的人。但我感觉这里充满了人，我闻到了他们的气息，我还听到孩子们爽朗的笑声，他们参加活动的身影在这里像是春潮一般涌动，他们的笑声还粘在那些布贴画上。我凝住气息。小应问我怎么啦？我嘘了一声，让他别问。我正与空气和画中的他们交流呢。

村民身上的这一股激情，还涌出了村外。村里派出6个村民，由葛万永带队，什么也没有带上，只是艺术创造的激情和技艺，远赴本县前童镇的上葛头村。上葛头村的村民像对待真正的艺术家团队一样欢迎他们。而他们想起丛志强教授初来村时，他可是他们的启蒙者，却不受村民热忱接待的情景，端起的接风酒杯中，有一丝丝的歉意。

三天，整整三天。6个村民的脑袋沸腾了，像是有无数创造的猴子在里边张牙舞爪不安分。

他们从脏乱差入手，与村民村干部说，不用花太多钱，主要用你们有的毛竹、木头、石头，点缀，提升，改造。指指环境，又指指脑袋。

哈哈，说完，他们自己先笑了。当地村民也附和他们的笑而笑。他们不知道背后的故事，只是觉得远道而来的客人笑了，他们就笑。

6个村民，于是展开想象的最大空间。但他们没有自说自话，因为他们的老师就是这样做的。他们在设计的时候，让村里的村民充分发表意见。这叫融合设计。于是这设计融合了各方意见，分不出主次，分不出你我。

竹木石，三种原材料的组合。犹如三原色，组成了世界的五彩斑斓。

三天过去，当然施工不止三天，由于葛家村村民艺术家的启迪，本村村民的融入，上葛头村脱胎换骨了。

村民变得更有情怀。我在石门溪采访时，看见溪边一把比文化礼堂旁边那把更大的"人大椅"，十分惊讶。问，这叫什么椅？答，也是"人大椅"。这么大，我的乖乖！一边的村民葛运大嘿嘿地笑，自谦地说，我设计的，做得不好，让您见笑了。不不，我说，比那两把更好，更气派。葛运大听到我真诚的称赞，他也不好意思起来。

然而，让我看到的变化，不仅仅是大，且应用了旧瓦等材料，结构也有变化，更重要的是，它制作摆放在溪边。这是农家从未有过的事情。

以往，成百上千年吧，葛家村的村民在溪边劳作，累了乏了渴了饿了，往往选树下或者高坎遮阳处，喝口水，吃一些接力（点心），抽一斗旱烟。然后，有了力气接着干活，又投入劳作之中。这是体力上的接济与肉体的满足，充其量就是休息。

现在是休闲。这是村民葛运大说的。

只差一字，内涵不一样。休闲也有休息的意思，更有精神上的意味。躺在这里看风景，这是中国农民几千年从未有的事。现在，我看到溪里几乎没有水，一条细流在人肉眼不易看到的缝隙里穿行无阻。如果有水呢。小水，中水，大水，洪水。它们流动的时候，与周围的山色岸边招摇的茅草衬在一起，与天上的飞鸟，特别是它们的叫声衬在一起，会是什么情景？还有，躺在这里村民当时的心境，如果它们全部融合在一起，会是什么样的情什么样的景？

现在，这些中国农民的心里眼里，不再是只能果腹的庄稼，还有风情风景。

千年画廊。千年来，这里就是枯燥乏味的溪岸。最早的时候，这里没有堤坝，任凭洪水在这里泛滥，淹没两岸的庄稼。建了堤坝以后，将洪水揽住的时候，将溪上的风景也揽住了。村民突发奇想，在这高高的石头堤坝上，建一道画廊。石头终于开出了花。

第六章

民间有戏　古今皆然

第一节　百姓大舞台的锣鼓

锣鼓咚咚，就这样敲响了。那只花狗跳了起来。一边的人避开，狗主人说，它不咬人，只是高兴。一边的人看见，那狗果然随着台上锣鼓的点在跳跃。

以往台上敲锣鼓的都是外地剧团。

送戏下乡，偏偏加了百姓名义，但百姓不在舞台上。政府每年出资，购买合乎规定合乎质量要求的剧团演出产品，让他们送下乡就是。

采访县委常委会委员、宣传部部长叶秀高时，他说，这就是时尚的政府购买服务。

然而，风来，风去，只剩一地落叶。剧团来时，村里的孩子早早就把家里的长凳椅子搬到文化礼堂，打电话呼朋唤友，剧团的锣鼓响起来的时候，这种高兴劲儿达到了高潮。一般都是全村观戏，也有少数人在家里。当文化礼堂的琴声响起，他在家里也把一把尘封多年的旧琴拉响。琴声响时，他把充满激情的眼光对准前方，而前方是家里的墙壁。

空相思。

礼堂里一切空寂时，他把琴重新挂在柱子上。吹了一口气，仿佛要吹落什么。观看表演的家人回来了，窗外也满是脚步声。然后，什么声音也没有。他从家里出门去，从文化礼堂的窗户瞧进去，那些外地来的演员，正在卸装和搬运道具，他和里边的一个年轻较大的领班居然很熟悉。

班门弄斧了，对不起，那个领班抱拳致意。

不不，他说，当年我们村里的剧团确实是闻名百里，可那是以往啊。

第二天，第三天，他又从那里经过。文化礼堂里，什么也没有，连以往的燕子也不曾见，因为换季了。村里寂然，没有什么响动。出村进村的人，一个个脸上肃然，面色有些憔悴，像是缺乏阳光雨露浇灌的庄稼。

一声叹息，惊起了一树上的鸟。他看见那鸟在空中盘旋了一圈，又落在不远的树枝上。那树枝最初摇了几下，最后，复归平静。

这声叹息居然让县里的宣传部门听到了。

叶秀高多次调研，听取各方面的意见，最后和部里和相关部门的同志一起商量，这个送戏下乡的办法得换一下了。常务副部长葛民越说，得发挥村民的主动性和积极性。分管副部长章伟银说，得让农民自己唱主角。大家都说好。部里的文化科长原来是娄姣敏，后来是储玲琴，由她们具体抓落实。

一个新的政策出台，一个新的运行方式产生了。它的核心就是：让村民从在台下看戏变成在台上演戏。文件明明白白写着：通过政策引领，激发群众自办文化"主体"意识，变"围观"为"主演"，推动文化服务自给自足。

有一个"我要上春晚"平台，全县各村自编自导自演的剧目参加竞选，佳作参加农村春晚。这个方式大大刺激了各村的创作积极性。还有一个要求，百姓大舞台上表演的节目，村级群众自娱自乐占80%以上。这些节目里包含了声乐、舞蹈、小品、曲艺、民间艺术等多种形式。

送戏下乡还是得送的。送戏的是县里的一些艺术骨干，他们下到村里，与村民一起筹划自己的"百姓大舞台"。这个舞台以综艺晚会为主，同时充分尊重群众的主体地位，节目构成、舞台形式等由村民自主筛选决定，鼓励群众举办多样化的文化活动。

县里的艺术家、国家一级演员唐洁妃走进茶院乡东南溪村，为村里组建了广场舞、旗袍、曲艺、民乐等几个团队。在她的指导下，村民自编自导自演了一个村级"春晚"，村里走出的大律师陈有西写的村歌也被以舞蹈的形式搬上了舞台。

桃源街道党工委宣传委员王芦放更是深有感触，他说，以往我们只是送戏，现在改成送人才。县曲艺家协会主席葛兴明进驻了下桥村。他帮助下桥村培养了一批人才，每逢重大节日和类似垃圾分类扫黑除恶等的专项宣传，村里都有自编自导自演的节目上演。

以往的一个剧团只排几台戏，一演到底，现在挣政府购买服务的钱很难了，因为明确各乡镇（街道）戏剧专场等常规活动全年不超过 3 场次。桥头胡街道实行"民意调查"制，在举办活动前开展充分的民意调查，事后进行满意度测评。文化活动质量提升了，群众满意度增加了。岔路镇湖头村在征询群众意见后，竟然尝试推出卡拉 OK 大赛，村民热烈响应，纷纷报名参赛。

少花钱，多演戏，百姓大舞台让更多农民受益。诀窍在于制作时少花钱，村里的舞台就是农民式的，土一些更为贴近村民，一般每一场控制在 1 万元以内。另一个诀窍在于发挥社会力量的作用，这个试点是在茶院乡开始的。他们采取了村与企业合作的模式。企业出些钱，村里出些人，共同策划，共同筹办。文化滋润了企业，更让村民得益。这个试点经验在全县推广后，村企合办的场所竟然占了总数的两成以上。

我采访了县文旅局。因为这项工作由他们组织筹划。我了解到，是局长林仙菊抓得紧，分管副局长金海萍尽全力协调，艺术与公共服务科科长潘海英直接指挥。

金海萍不无得意地说，原来的 100 万政府购买服务资金，一年只演了 100 场，群众不满意。现在，同样的钱，同样的时间，却演了 363 场，群众很满意。同时，变"文化输血"为"文化造血"。

梯次导师队伍建立了，"菜单式"帮扶了。每个乡镇（街道）配备 2 名"百姓大舞台"工作指导员、2 名专家型文化志愿者、100 余名各文艺专长志愿者，"菜单式"帮助基层培育原创节目，指导节目质量。

乡土文体队伍建立了，实现了"常态化"运作。在全市率先实现各乡镇（街道）文联全覆盖，为 363 个行政村各配备一名专职文体管理员，负责"百姓大舞台"工作策划、组织、运作，公开向村民征集文艺节目，鼓励普通群众上台展示才艺。

草根文艺人才培育加速了，加快了"内生型"发展。全县的群文讲堂、正学讲堂、四季公益讲堂等平台，不断地培训乡村文艺人才；每年开展的优秀业余文艺团队、文化带头人评比、乡村主持人大赛等，为培育本土舞台演艺人才、主持人才，促进公共文化服务"内生型"发展出了大力。

这项工作还有长效机制，还有品牌意识，有资金保障。

建立了县委宣传部门牵头、文广部门主管、文联联动、乡镇（街道）主体、村社落实的工作体系，形成各部门单位既分工负责又密切配合的工作格局。

品牌就是"百姓大舞台"。

专门从繁荣群众文化政策中拨出 145 万元经费，采取以奖代补的形式予以扶持，各级镇（街道）设立相应工作经费，形成县级奖补、基层配套、村级自筹、企业赞助等多元化的资金筹措模式。

质量保障机制。事前申报、事中备案、事后评判的全程监察制度。

外延扩大，让"百姓大舞台"成为"文化阵地"。融入中心工作，唱响主旋律。融入文明建设，弘扬好家风。融入传统特色，活跃"乡土"文化。

我在这些部门采访，听到的满口是这样的公文语言，但是感觉到了他们的赤诚之心。

我在村里采访时，听到了一个令人心疼的故事。村里有一个姑娘小芳。确实，她叫小芳。小芳今年 26，未婚，村里的概念，该是大龄姑娘了。不是小芳长得丑，她的脸盘像瓜子，她的身材该凸的凸，该凹的地方凹，标准得很。不是没有后生寻她，好多长得帅的或者家财颇富的都跟她屁股后边像是跟屁虫。可是她不开口。她不是看不起他们，她是自己看不起自己。

原因是她走路时，都低着头，就没有看见别的人对她的笑脸。更主要的原因是，她的同学和家里的哥哥都上大学去了。她少时贪玩学习成绩差。当别人一片光明前景时，她做了落魄的村姑。她坚持这样认为。

前不久，县文化馆下来一个辅导干部，说是"百姓大舞台"，得让村里的村民演主角。他把村里原来剧团的操琴手叫上了。这人以往不得了，村里剧团名闻百里，他可是名闻150里。他在村干部召集的会议上，对这些爱好文艺的青年说，我们要重办剧团，在县里老师的辅导下。

小芳在高中读书时，就是学校的十佳歌手，就报名了。在县文化馆干部的辅导下，好多人唱，一拨人打鼓敲锣，一拨人拉琴弹弦，小芳一唱，竟然成了村剧团的顶花旦。

那天晚上在村祠堂戏台演出，空前地热闹。外来剧团演出，只是村里的观众为主。这一次，附近四五个村庄的人全赶了过来。他们是为村里原来的剧团的恢复赶来的。

台下的观众，不断地喝彩、叫好。台上的演员，吹拉弹唱。吹箫的村民，似乎吹出了自己的心曲。拉琴的村民，觉得自己生命的弓弦再次被拉紧，弹奏的村民觉得每一记弹奏，都是在自己的心弦上，唱戏的村民更是觉得不仅是戏的主角，更是生活的主角。那种压抑，一扫而光。

小芳一演成名。

小芳之后走路挺起胸膛了。别的演戏的村民脸色红润了起来，像是得了阳光雨露滋润的庄稼。小芳的脸色更娇艳欲滴，这是她在新婚时刻，对着自己的如意郎君。如意郎君就是村里操琴手的儿子，舞台上的男主角。婚礼上，他们一家子就表演了节目。

先上场的是斗山歌，这可是县级非遗项目。

琴声响起，像是从山上吹下来的一阵风。那风带动了一个山岙的山草树木，甚至溪水和鸟鸣。这是小芳的公公领头奏响的。

小芳甜美的声音就在伴奏中亮起来：

> 什么出门出门来啦啦噫来带剪刀来啰。
>
> 什么出门出门梅花阵啊嚓来。
>
> 什么出门出门身穿紫龙袍来啰。

小芳的新郎深情面对他姣美的新娘，答唱：

> 老鹰出门出门算我高，算我高，嚓来。
>
> 燕子出门出门来啦，啦噫来，带剪刀来啰。
>
> 麻雀出门出门梅花阵啊嚓来。
>
> 山鸡出门出门身穿紫龙袍来啰。

龙袍，龙袍，龙袍！现场的人都高兴地喊起来。

再来一个，再来一个！有人不断提议。

小芳说，来，就再来一个！她回头与公公示意。公公领着一帮人早预备好了。咣！咣！咣！三记大锣敲响，唢呐声尖尖的声音蹿起，板胡高高的乐声奏起。

山坑调，山坑调，内行的人马上说。好多人说，山坑调终于回来了。山坑调出自明代中期，源起于民间樵夫们上山砍柴时的对歌，一人独唱，众人应和。它流行在当时的台州地区：宁海、天台、临海、仙居、黄岩、温岭等六县和象山县及宁波市周边地区。

新郎上前一步，在台上扯开嗓子。

新郎唱：平生志，踏波浪把金鳌独占。

台下马上有人接腔：把金鳌独占。

新郎唱：步阁登云命安排。

台下接：步阁登云命安排。

新娘唱：万里鹏程，方显得男儿志大。

台下接：男儿志大。

新郎新娘合唱：十里红楼显五彩，那时候门楣改换哎，衣锦荣归，宫花插戴。

台下接：衣锦荣归，宫花插戴。

百姓大舞台的锣鼓，终于在全县农村敲响。响得贴地气，有些暖心、舒心、称心。后一句话，是好多村民说的。

第二节　岔路的鲁岐黑子

岔路镇党委书记郭青说，岔路镇的鲁岐、黑子俩人，都是京城来的驻村艺术家。

听着名字，我说，就有艺术家的范儿。

郭青就含笑点头。

郭青担心县里干部在担心的事。她说在王爱山冈上有一个村子，平日里只住着二三十人，别的人都外出打工去了，村里的党员七老八十的，年龄偏大。连参加选举的村民都不够数。那里的麻雀特别多，且都是飞翔无力，可能也是雀龄偏大了吧。这样的村庄，如何建设、如何振兴？镇里想了多个办法，总是见效不大。

艺术振兴这条路，显然是走对了的，她说。

我笑起来，说，您不该是知道我采访的主题，故意说一些让我感兴趣的话吧？

不，不是，郭青坚决地摇摇头，说，等一会儿，我就陪您一起去看看鲁岐和黑子。

从镇里到鲁岐和黑子的村庄有一段距离。车上，郭青继续刚才的话题。她说去年七八月间，梅花村进驻了宁波大学潘天寿艺术学院的师生团队。这些艺术家秉持融合设计、花钱少见效快的宗旨，重点在于点亮村民心中的艺术创造的心灯，村容村貌变化大，村民的生活理念更是大变化。这是最大的收获吧。还有我们即将去的下畈村、湖头村，因为年年在搞葛洪文化节，请了央视国际电视总公司的艺术总监李京作为顾问。

葛洪文化节期间，有一个副产品，那是艺术家团队留下的。他们指导下畈和湖头两个村的村民进行村容村貌的改造。村民上山砍了毛竹、木头，锯成一块块，在艺术家启发指导下往墙体上作拼贴画，用竹丝编织人们喜爱的艺术品。

村风变化好大。村民与艺术家制作的盆景艺术，放在公共空间，几个月了仍在那里。而以往这样的盆景会被人偷偷顺走不见了踪影。

村民的心胸开阔了。下畈村与湖头村虽然近，却互相不服气。不服气是一种客气的说法，其实是有矛盾疙瘩解不了。镇里就从两村之间相隔的枫湖做起。一村一半，改造过程就是融合的过程。想想看，水连着水，岸连着岸，如何分离隔断？举行两村运动会，之前不愿走动的两村村民，同在一条跑道上跑步，同在一个赛事上联手。两村村民好多是葛洪的后裔，在这里一起举行大型文化活动葛洪文化节，包括建造纪念性建筑，以葛洪的名义，将两村人的心紧紧拉在了一起。

得到了艺术滋润的村民，亮闪闪地畅达，从外表，到内心。

很快到了下畈村。邻村就是湖头村。两村之间只隔了美丽的枫湖。

终于见到了鲁岐和黑子。我们相见于具有五百年树龄的古樟下。我们见面时，有轻风吹过，樟叶哗哗响起，仿佛好多先贤，穿越五百年时光，在为我们的见面叫好。

我们三人像是故交。于是，在古樟之下，那巨大的枝杈上还有葛洪文化节挂的红灯笼，我站在中间，左边是黑子，右边是鲁岐，拍照留念。两个京城来的艺术家，都留了胡子。与进驻葛家村的艺术家丛志强留的基本相同，只是两位除了下巴，还在上唇间也留了，且都是黑白相间。照片里两位艺术家都谦和地笑着，把我这个没留胡子但头发依然黑白交织的一介文人夹在中间，学着谦逊。我不知道他们刚进村时，有没有丛志强被村民误解的待遇。肯定没有。

下畈村的第一书记是尤旭怡。她对这个村庄有了感情。我去时，她恰好不在村里。电话里的声音却是十分地诚恳。她说，艺术家给下畈村带来新气象。

在一张茶桌前，我与郭青，还有镇上的宣传委员章建斌坐一边，鲁岐和黑子坐另一边。黑子泡得一手功夫茶。有好多程序，最后斟到小巧的茶杯里，端在我们面前。

我装出挺有功夫的样子品茶。听两人说话，鲁岐先，黑子后。我事先看过他们两个的简历。鲁岐，山东青岛人，毕业于北京广播学院（现中国传媒大学）管理系研究班。曾经在空政话剧团工作十年，后进入北京电视台工作。1984年进入影视行业，曾将王朔的处女作《空中小姐》搬上荧屏；1988年将朱小平的《桑树坪纪事》改编成电视连续剧《好男好女》，当时在海峡两岸暨香港及东南亚地区产生很大的影响。后来在自己的影视公司专心策划、编著、制作京城地标文化的三部曲《天桥梦》《大栅栏》和《王府井》。目前担任中国传媒大学教授。鲁岐临近退休，喜欢上了宁海，也喜欢上中医文化，被岔路镇聘为葛洪养生小镇形象大使，目前长驻湖头村，致力于文化在乡村振兴作用的研究与创作，并正在创作电影《神医大道》。黑子（王亚峰），字九如。河南大学美术系毕业。北京大学、美国利波提大学PH·D管理学博士，现任CCTV高级记者、导演、特别节目策划总监。国家广电总局美术家协会副主席。美国纽约世界艺术中心研究员，纽约皇后画院艺术家院士，中国广播电视社会组织联合会纪录书画院常务副院长，中国工艺美术协会理事。目前长驻下畈村。

这是一片令我崇敬的土地，鲁岐说，这里的山，这里的水，这里的人，这里的文化，都让我敬佩。

知识分子下乡是一种文化自觉。

鲁岐继续说。

2017 年，我患了美尼尔症。在北京治疗一年多，治不好，去了美国，治不起。咨询费用一小时 150 美元，三个小时花了我 450 美元，就回来。早听说浙江这边有民间医生。这些医生没有行医执照，我不相信，我相信科学。北京的协和医院、武警医院，还有一家叫中日友好医院，都是世界顶级的。这三家医院联合作出会诊结论：这个病，只能维持，吃药打针，不能痊愈。因为 1867 年世界上发现有这病，之后没有一个病例被治愈。我当时，正在创作电视剧《王府井》，当时的症状是，说着说着，我就晕过去。之后，每隔几天就晕一次。什么原因？我现在觉得，是写剧本写小说累的。记得是 2015 年 10 月 5 日交稿，10 月 9 日趴下，开始感觉累，天天睡觉。全国转呀，寻找名医。河南洛阳，昆明郊区。最后在广西找四五个中医，寻找民间偏方，住了半年多。没有好。

我在内蒙有一个朋友。朋友的关系，其实是我正在为他做一个旅游项目，想打造一个东方的好莱坞，就是我所说的制片人。他有一个浙江宁海县梅林街道的医生资源。因为是这个医生，治好了他弟媳的子宫癌。他出资，让我来梅林街道找这个医生治疗。他的目的，也是为了让我早日康复，回去完成他的项目建设。出于无奈，我来了。来了之后，制片人待不了，求之心切。医生说，得二十天见效，于是与医生发生冲突。只是一周时间，医生对着制片人说，你带着病人走吧，免得我治不了病人，败坏了我的名声。制片人走了。但我留了下来，不再要制片人负担。自从接受了医生的治疗，一周过去了，二十天下来，我没有晕倒。于是，我扔了所有的西药。那些西药种类达十七八种。

黑子在这个时候插言：在北京的时候，鲁岐他一天晕三次，他连跳楼的欲望都有。

鲁岐继续说。

人有贪心哪。一个月没晕如何？结果是八个月，我没有晕，我时时刻刻都清醒着哪。

我就有了感恩之情，对宁海这片土地的感恩。我从 2016 年年底动笔，撰写央视电影频道常见的 90 分钟小电影《神医大道》，四五个月就完成了初稿。这个时候在梅林遇见章建斌。他带我去前童。在前童我觉得这个地方很适合拍摄这部电影。他说，这里还有葛洪后裔聚居地呢。这样，就从前童来到了岔路湖头村。一走进葛洪纪念馆，我就无话可说了。在葛洪面前，觉得自己非常浅陋，无地自容。我甚至暗暗决定，以后不再以文化人自称。

在当地的工艺大师葛招龙家院子里，我信口说了一句，我能够长住这样的房子就好了。但现在想来，那绝不是信口说的，而是潜意识使然，是我心底的真实声音。

我回北京后，几乎将这事忘了。可在十一二月时，我突然接到章建斌的电话，说是旧房修好了，您可以前来长住。过了年，我就住在这里了。

我每天在葛洪像前默默祈祷。葛洪当年的炼丹处去了十多次，每一次都有满满收获。在大洪山那块巨岩上，那是丹井遗址，觉得天地人如此融和。遥想当年，葛洪在梁皇山偶一回头，就看到大洪山有一股白烟正在升腾。

《神医大道》我写了九稿，还在改。表现葛洪，太难了。我还在用自己的力量，协助中医合法化。中医讲明白了，就把中国文化讲明白了。我把自己的所有藏书全捐给村里，建了一个鲁岐书院，在枫湖庐设立鲁岐工作室，作为《神医大道》的创作基地。还会引进中视影视农村电影创作基地、"黑子博士"书画室、中日文化交流基地旅日画家野石书画室，推动上海银燕悬灸康养基地落户湖头、推动葛洪中医药农业文创园落户湖头。影响是相互的，我也要对村里有影响。不是贡献，贡献的层次太低。

黑子以他的语言表达方式说话。

鲁岐是我在北京广播学院（现中国传媒大学）管理系研究班的同学。来这里不是鬼使神差，而是受了他的影响。2017年10月，同学在北京聚会。鲁岐在会上亮了这里。我是被他亮住了。年底，我就直奔这里，果然，是我的理想之地。就住下了。"黑子博士"书画室也建了。

我不如鲁岐会说话，他有故事，好故事。我有好画笔，我在这里的下畈村建了一个青少年诗书画堂。在今年（2020年）疫情之前，去年（2019年）12月12日，那是开学的日子，天下着雨，淅淅沥沥的，如诗如画，诗书画堂第一学期开班，招了86个学生。一直到今年（2020年）的1月10日。雨停了，也结束了。里边有一个特别好的学生，叫周肖颖，15岁，好孩子，在这里上了两个月课，目前达到美院大二、大三的水平。这样的学生还蛮多。这山沟里的艺术苗子如山上的草木一样多。

看看学生家长对老师的尊重，您看见门口的各种蔬菜了？豆荚、菜、蒜，那就是他们送的。学期早结束了，还在送。还不知道是哪位家长送的。尊师重教，中国的传统，在这里，还浓郁着哪，稠稠的，在这山沟里，四处荡漾，暖着文化人的心，让我一直感动着。

我没有太大的贡献。只是做一个文人该做的事。过年了，在节前的一天里写了200多副春联送给村民，第二天发现，脚是肿的。还有，我还在这里创作了大写意连环画9幅（1.4米×0.7米），还有很多有关葛洪的画，都捐给了葛洪纪念馆。

给我们拍合照的是周衍平。周衍平是一个乡土艺术家，中国摄影家协会会员、浙江省民间文艺家协会会员、宁海县收藏家协会秘书长等。他所在的花堂村，受了他的影响，建了民俗文化艺术俱乐部，舞狮、舞龙、船马灯、道情、讨彩快板、莲花落等岔路特色民俗表演风生水起，2018 年 5 月，在他的努力下，村里的舞龙队 30 多人，拉到黑龙江富锦市参加"乡村国际狂欢节"，和来自世界各地的民俗表演团队一起表演，一时成为美谈。

乡土艺术家还有葛招龙。从 2014 年起，他带领团队在县内外打造和修缮了 40 余处古戏台、古民居、文保点等建筑。他是县级古戏台藻井建造技艺传承人，县首批优秀宣传思想文化名录库人才。2018 年被评为宁波"最美古建筑守护人"。2019 年，《光明日报》《浙江日报》等媒体大篇幅介绍葛招龙古戏台修复技艺。2020 年 1 月，《人民日报》专门介绍了葛招龙古戏台修复技艺。他打造的作品曾参加瑞士摄影展。以他为龙头，组建了近 100 人的专业工匠团队参与修缮古建筑，为宁海古建技艺的传承和发展做出了贡献。

2020 年 5 月 25 日，位于湖头村的葛招龙匠艺馆揭牌。之前他在梅林街道河洪村打造并运行有寿享主题的百岁馆。驻村的来自京城的艺术家鲁岐在微信朋友圈评论："招龙这种境界不是每一个有钱人或收藏家能做到的。一个生活简朴、执着追求传承文化的人，才可能把一生的积蓄全部奉献给我们的传承文化展现。这就是人活着的意义。"

同一天开工建设的还有鲁岐书院项目、葛洪道医谷项目、湖头工业园区污水主管网建设工程，3 个项目总投资近 6500 万元。这一天上午，岔路镇在湖头村举行第五届葛洪文化节共建共享——宁海艺术特色村暨葛洪文化民俗村建设项目集中开工仪式。县委副书记、政法委书记李贵军宣布宁海艺术特色村暨葛洪文化民俗村建设项目开工。县委常委会委员、宣传部部长叶秀高，县人大常委会副主任王兴兵，县政协副主席邬汝跃参加。

临别时，郭青又说，多亏了艺术振兴乡村这个载体。这些年镇里引入一批驻村艺术家。头一个功劳，是他们让我们这个偏僻的乡镇有了对外知名度，对，提高很多。当家乡有了知名度后，吸引了一批外出的青年返乡。昔日只剩下空荡荡村庄的王爱片，现在返乡的青年人多了起来。青年人多了，生机又回到这块土地上。还有年轻人利用他们熟悉的网络销售方式，创办了一家王爱源果蔬合作社，效果很不错哎，不仅卖光了村里滞销的农产品，还卖火了岔路的特色小吃。对，卖火了！他们用自己特别的方式回归，也唤醒了这些沉睡的村庄。

临别时，我和周衍平握手，感谢他为我们拍照。

第三节　前童古镇的几个妙招

前童镇党委书记张畅芳说，艺术振兴乡村，在于让鸟儿飞回来，让年轻人回来，让民俗活起来。

这是三个妙招？我问。

张畅芳就笑起来，说，在作家面前不敢说过头的话，这只是一种思路，也是实际中在做的事。

张畅芳说这话时，是 2020 年 4 月 27 日，在前童镇，却不在她的办公室，而是在古镇街上的一家民宿的茶室。窗外全是活蹦乱跳的民俗声音，窗内是我们的饮茶采访声。一问一答。有时候，不问也说。说者乐乐，听者津津。

这里有一个插曲。我插嘴，我说车子从那个隧道过来后，首先看到的是一个白色的古亭，十分吸引眼球。这是前童古镇的标志性符号。

啊，张畅芳惊讶起来，那眼睛盯着我看了足足达三秒钟之多，然后，有些迟疑地问，您，说的是真话？

是，是，我盯着她的眼睛，也有三秒钟，我想不说话，只用目光也能传递我的真诚。然后，我说，时尚加大气，叛逆加勇气，最后的结果是，成功。

再说下去。

前童古镇的元宵行会名闻天下，行会中的主角是古亭和抬阁。而行会中的亭和阁是古色古香的。这是天下游客的既定视角符号。可这种色彩不时尚，不时尚就不能吸引眼球，特别是在隧道过后的公路中，汽车上的人一闪而过，而突然出现一个变异透顶的白色，就会让人眼前一亮。这种色彩的应用，既是叛逆的，就需要勇气。

再说下去。

没了。

就没有相反的批评意见？这是中国人民大学艺术学院陈炯副教授的作品，张畅芳问，在您现在说这肯定的话之前，有很多持异议者。

让他们异议去吧，我们已经成功了，我说。

张畅芳又将我面前的茶杯斟满了，看着我饮茶的样子很斯文的，她说，那我们就有共同语言了，我就继续说下去。

让鸟儿飞回来，就是让环境好起来嘛。试想一下，连鸟都不栖息的地方，会是多脏多糟糕的所在哦。

让年轻人回来，就是让村里有年轻人，有钱可赚。村里有年轻人是首要的。哪一个年轻人能在全是老人的世界快活哦，小伙需要姑娘，姑娘也需要小伙嘛。村里能赚钱是必要的。年轻人嘛，是赚钱养家的年龄。没有钱，如何让年轻人快乐常在呢？

让民俗活起来，这在古镇是最为必要的。古镇古的不仅仅是房子，更重要的是民俗。没有民俗活着，古镇也活不起来。谁会大老远地赶来看一堆古旧房子呢？

张畅芳又笑起来，说，在您面前，如何说了那么多的问题呢？明知道您是作家，不是社会学家，为何要拿这些纯粹是社会学的问题来难为您，没有为难，嘎嘎，问问题，是咱乡镇干部的看家本领。眼前的什么事，都要问一个为什么，才能让我们的眼睛不被表面事物所迷惑，才能更为接近事物的本质。

还是先说如何让鸟飞回来。与丛志强在葛家村一样，艺术设计的加入，让那里的环境发生了根本性的改变。前童古镇也一样，以艺术的名义，搞了一个

"清洁雷霆"活动。整整两个月时间，让老百姓在干干净净的环境里生活，让鸟飞回来，好事吧。不瞒您说，您以往可能经常来古镇，发现旅游路线内尚可以，但深入里边，游客到不了的地方，依然会有露天粪缸存在。呵呵，在著名的民宿鹿山别院，游客常常闻到一股"芬芳之气"，原来旁边有一口露天粪缸。特别是夏天雷雨之前，闷热，更臭。

为何现在不是农耕时代，却有积粪之用的露天粪缸？这可是这个时代的特点。特点是什么？寸土寸金。地皮，就是金钱。所以，厕缸之地，滴水之地，墙脚之地，均是必争之地。

镇政府花了不到200万的资金投入，将这些旧病一一消除了。当然，以艺术的名义让清洁活动深入村民的心，成为化解心患的特效药物。

我在岔路镇当镇长的时候，她竟然自己插了自己的嘴，我在梅花村，发现垃圾遍地，我就特事特办，因为那是一个革命老区，我的对策是：清除垃圾，种梅花，种蔬菜。然后，这个村变得特别有艺术感觉：洁净的村庄里，梅花成为主色调。

还有上葛头自然村（上溪行政村），空闲村。其实就是空空荡荡。这空闲是时代造成的。村民造了新房子，老房子无人居住，就闲置在那里，以至于倒塌。一个院子，半个院子，完整的，残缺的，都让一些野狗野猫黄鼠狼在那里乱窜，不时发出瘆人的鸣叫。

我就让平整老宅院，在丈量面积，保护原住户对宅基地的拥有权前提下，划出来进行整合，围上竹篱笆，先种格桑花，后种蔬菜，再种玉米、油菜花、土豆。格桑花开的时候，全村的屋前屋后，都是红艳艳一片。招蜂引蝶，也吸引外地的游客。玉米、土豆成熟后，全村各户分着吃。油菜打了油，让全村各户的油锅散发着芳香。

是艺术的思维，让这个村美丽起来。

大郑村，您一定知道！听说您2019年的时候，沿着当年习总书记在任浙江省委书记时候来过的地方，考察过、采访过、写过一篇文章？大郑村就是其中之一。2019 年的七八月间，一批来自中国美院的艺术家团队进驻了这个村。

村庄里的房子五花八门，新房子旧房子，从上世纪 50 年代，60 年代，70、80、90 年代，到 21 世纪的房子，连造型也不一样。艺术家们艺术的眼光，就与普通人不一样。他们提出，因为习总书记来过，村里的主基调就打造成"红色大村"。分两步走。一步是沿着习总书记走过的路，布置成红色馆。另一步是沿着各个年代不一样的房子，打造成红色记忆圈记忆层，最后是年代广场。一切记忆，都集聚这个广场。这个广场是红色记忆的海。这个村的目标就是青少年爱国主义教育基地。

艺术的思维，让昔日凌乱的大郑村变得异常光彩夺目起来。其实，世界上好多烦人的事，也得用艺术的思维去包装一下。烦人的事，再不会烦人。

让年轻人回来，这不是口号，也不是号召。当代世界这种号召的事，一般人做不了，只能是政府的重大层面，涉及国策了才有号召一词。乡镇一级政府，只有脚踏实地，一步一个脚印，就看这些脚印里，能不能长起生命，能不能让这些生命开花。

垃圾清理了，露天粪缸搬迁了，村庄空闲之地成了花海，空气中到处都是浓郁的香气，还有鸟鸣。花前月下，这该是年轻人恋爱的地方。年轻人说，家乡美了，是好事，可这些城市都有啊。

这一招就使出来了。哈，我自己说招了吗？只是好办法。我们选择了与人民大学丛志强老师、中国美院合作。由此，艺术家＋古镇手工艺匠人＋政府，三驾马车，轰隆隆往前进。

轰隆隆？

嗯。形容词不该是作家专利吧，她有些小小得意，笑着说，这样说，才显得有气势、有力度。

我点头。现在的乡镇干部确实比作家有更多幻想。但是他们敢于将幻想变为脚踏实地的理想。

三驾马车的作用，让"五匠之乡"的手工艺品更美观，从而附加值大大增加。

年轻人果然回来了。29岁的小伙子童先旭回来了，在自己的老房子里，创办了"二十二桥"民宿。他从南京林业大学毕业，在深圳一家国企上班，却是不得安生的主儿，有一次，怀里只揣了5000元人民币，就徒步一个月，从西藏出境到尼泊尔，到马来西亚，再到新加坡，跑了三个国家。

现代世界太喧嚣，而我，喜欢宁静安逸，他说，老家前童变得有些诗意了，他认定之前一直追求前方的诗，就在老家。民宿的院子，不是很大，却被取了个名字：听雨堂。

一个好听名字：听雨堂。

想象雨从天上下来，先是在屋瓦上弹跳起来，再溅到瓦沟上，瓦沟上的雨盈成水，在那里蓄不住，才挤挤往前流，在屋檐瓦当处再盈了一下，最终，才往下滴。嗒嗒，嗒嗒——那是小雨，是雨的童年期，萌萌的，最好听了。嗒嗒嗒，嗒嗒——那是中雨，那雨在瓦上的弹跳加快，就如年轻后生，初出茅庐，不顾一切，那檐上滴的水连成了线。哗哗哗，那是暴雨，有时候添了雷电，那雨不是跳，而是砸，像是有人在天上举一个水团就砸。那檐上掉下来的不是水线，而是水柱。

在"听雨堂"听雨，不烦，心静。

一个同样在城市已经生根的前童年轻人，关了上海的一家店铺，携着新婚妻子回来。因为是毕业于珠宝设计专业，所以在街上开了一个首饰铺。这个铺子与一般的铺子不一样。天下的铺子，一般都是现货现卖。如果是首饰，也是成品。但这里，按照顾客的意见，让主人在一旁指导，顾客自己在这里，选材料，设计样式，自己加工制作。整个过程是一个充满创造性，充满心动感觉的过程。如果是夫妻或恋人，那一种在艺术家启迪后心花的突然开放，那一种默契愉悦感，一直会让这件首饰成为共同的美好记忆。

另一个年轻人也从上海回来，他毕业于服装设计专业。他到小镇里建了一个工作室，引进了好多艺术家朋友进驻，或作为客座。他们把前童的一些传统服装装饰，进行艺术改造和包装。如肚兜，在这里的农村大概延续了上千年，是中国最早的内衣之一，后来成为女儿受聘出嫁给男方的回礼。原来市场上的肚兜是机器加工的，式样单一。每只价格只有 100 到 200 元。现在他们重新采用农村原始的加工手法，即手工制作，图样色彩进行了艺术设计调整，让肚兜更美更有民俗性，具有了欣赏和收藏价值。单价上升到了 2000 元。千家万户传统的手绣工艺，终于在艺术家的参与设计下，重新焕发了光彩。

有一个外地商户看好前童古镇的商机，在街上开了一家咖啡馆。这个咖啡馆不简单，除了供应优质咖啡饮料，还出售明信片。之前，前童古镇有中国古镇的明信片出售，那是由当地邮局经营。生意惨淡，门可罗雀。让这家咖啡店经营后，突然成为古镇网红打卡点。它的诀窍，在于将明信片不断推出新的款式，不同的古镇景色，给不同的游客不一样的新奇感受。店里还设计了以古镇为题材的冰箱贴，那是古镇与时尚的结合典范，马上热销。还有古镇符号的茶杯，一经推出，令游客抢购。店里还推出豆腐咖啡，让最有中国味的豆腐与洋饮料来一个亲密接触。咖啡店让当地的传统面食垂面的身价增了好几倍。以往前童人卖垂面，都是五斤装，十斤装。而他们卖垂面，是一人份，两人份。这个一人份两人份里，装的可不仅仅是垂面，还有烹制垂面的简单配料，比如烤虾、冬笋、咸菜等，将一人分量的垂面加配料放进锅里，加水若干，旺火转慢火烧煮一定的时间，就是一碗活色生香的正宗前童垂面。一投入市场，马上热销。这种垂面热销时，相关的配料生产也被拉动。可谓一箭双雕，或者三雕四雕更多的雕，这与艺术的光芒有关。

让民俗活起来，更有话说。

前童元宵行会。

据《塔山童氏宗谱》记载，前童庙会起始于明正德四年（1509），盛于清末民初，一直延续到上世纪 50 年代逐渐消亡。1985 年，前童村举办建村七百六十一年活动，灯会活动重新恢复，此后年年举行，四乡八方的来客人山人海，1986 年被宁波市命名为"古亭之乡"，中央电视台、浙江电视台等多家媒体都曾来采访和报道过，是当地著名的灯会地。

2014 年 11 月，"前童元宵行会"经国务院批准列入第四批国家级非物质文化遗产代表性项目名录。2019 年 11 月，"前童元宵行会"列入国家级非物质文化遗产代表性项目保护单位名单。

十里红妆迎娶新人。

十里红妆是古老的传统民俗，是一种嫁女的场面。人们常用"良田千亩，十里红妆"形容嫁妆的丰厚。传说中与南宋初期的康王赵构即后来的宋高宗有关。流传千百年的民俗，依然得到年轻一代的喜欢。

前童古镇恢复了此民俗，张畅芳最后说，从去年到目前，有 25 对年轻人在这里用这个习俗结婚。这个习俗已经发展为一种服务型的产业。有一家婚礼公司经营了这项业务。

热诚欢迎天下有情人，来此享受古代习俗的婚礼民俗。

找张畅芳，打折优惠。找写这部书的我，打折。

第四节　一市箬岙的一缕书香

在一市镇箬岙古村，我看到一只长长尾巴的锦鸟，鸣叫着，缓缓地从一个旧院子屋顶飞起，在我们面前飞过，落到附近的一棵古树上。

那是一只来自唐朝的鸟。

一市镇的党委书记刘军平说。见我疑问的目光，一旁的宣传委员戴巧珍说，鸟身上的豪华锦色，还有韵味十足的叫声，非大唐莫属啊。

我扫了一眼四周。这村庄三面环山，东临大海，村域面积 1.5 平方公里，人口 601 人，据家谱记载，明洪武年间（1368—1398），唐代著名的政治家、书法家褚遂良后裔（第二十代孙），褚裕卿、褚德卿兄弟自本县牛台迁此，迄今已经有六百多年历史，从其书院（植桂书院）、民居来看，可见昔日的村庄沉淀着深厚的耕（渔）读文化。

褚遂良（596—658 / 659），字登善，杭州钱塘（今浙江杭州）人，祖籍阳翟（今河南禹州），唐朝政治家、书法家。褚遂良博学多才，精通文史。隋末时追随薛举，为通事舍人。归顺唐朝后，历任谏议大夫、黄门侍郎、中书令，执掌朝政大权……褚遂良工于书法，初学虞世南，后取法王羲之，与欧阳询、虞世南、薛稷并称"初唐四大家"，传世墨迹有《孟法师碑》《雁塔圣教序》等。

这只鸟最起码从六百年前飞来。

我们都笑起来。

浙江万里学院师生组成的艺术家团队，进驻了武岙村，这是县委宣传部和县文联安排的。听说那里起了很大变化？

刘军平笑着点头。此刻，我们一起走进一处古宅院子的大门，当地人叫闾门。他说，我们正把这种艺术家带来的动力，扩展到整个一市镇。

一进闾门，立刻把我镇住。看我呆呆的样子，他指着我笑，像这样的房子，这个村有很多座，全镇还有很多。这，多亏了我们镇没有排进宁波市扶贫的"6＋2"（6 个相对贫困乡镇和 2 个片区）行动。这是一次政府出钱，以扶贫的名义进行大规模的农房改造行动，名义是新农村建设。

哈哈，我说，逃过了一次文明的洗劫。如果"6＋2"代表文明的话（那当然是文明，只是与眼前的文明，不是同一个层次）。

我知道一市镇，地处宁海县东南部，与台州接壤，原来交通不是很发达，工业经济落后，但生态环境相对较好。工业也是一种文明，它没有"洗劫"农耕文明，却留下绿水青山。

我从他的话外音里听出，除了他这里的农村，别的经济相对发达的地方，早就是崭新的面貌，几乎与城市一样。只是，没有了农村的味儿。

这个乡镇书记，从他最直接的感受，道出了中国新农村建设最为尖锐的问题。

大拆大建，让农村发展如同城市一般吗？还是让城里人愿意来他们心目中的乡村——他们乡愁的寄托地；让乡村已经走出去的年轻人回村来，在这里发展产业，结婚生子？

这就涉及村庄如何改造。这不仅仅是建筑学，更是社会学和美学的问题。

这是一个巨大的财富，刘军平在说这话的时候，脸色十分严峻。

这个时候，他的脚我的脚，都踏在院子里铺地的石子上，那些包浆，是六百年时光的雕饰。也可以说，这里处处是宝。

这一片片从文明浩劫中留下的古宅。有的完整，有的是残骸。

原来因箬岙地处东海之滨，位于台郡东方之边陲，为防盗寇入侵，筑有城墙等防御工程。村内小巷幽深，纵横交错。每座家族宅邸的主屋都被众多厢房围绕，并有两道石质大门，俨然一座座城堡，难以攻略。可惜这一切规模型的建筑，被无情的岁月销蚀得差不多了。但仍然留下数量较多的古宅。目前最古老的民宅是用明代的材料，清初的风格，至今也有几百年。建筑虽然破落，但仍能从高大的门楼，以及梁椽间繁复的雕镂构件，复显当年的豪华气派。

看看这些古代艺术家（匠人）留下的作品，令人钦佩。

这些古宅大多是清中期以后建造或修缮，其特点是华美、琳琅、精致，在具体的图案设计中寓以某些道德教化和生活祈祝。在门楼、窗台、石窗等处可以看到木雕石雕场景，以忠孝礼义或五谷丰登为题材，还有以具体物象寄寓"平安""富贵"等意。种类繁多的石花窗、雕刻精细的斗拱、龙凤呈祥的月梁牛腿、浮雕栩栩的照壁、雅致的木窗棂、两色卵石镶嵌的天井，以及明代印刷用字、清朝宰相祝寿诗、千工床、明清瓷缸、鎏金的踏床、衣橱等，无不向人诉说这里的工艺水平，这里的文化内涵。

一本浙东民居精雕细刻的古书。

一曲烟霞风雨代代相传的民歌。

一篇用砖石泥木写成的文化古诗。

一个传家祖训：耕读渔樵，就把这里的文化精神说透了。

艺术振兴乡村，这个措施好，刘军平一路走一路说镇里的方法步骤。镇域里，与别的农村地区一样，村庄住的都是老人，好多房子空在那里，狗也不叫，耷拉着脑袋走路，只有过年的时候，才有人气鼎盛的感觉。那时候，村庄里的狗也叫得特别响。狗仗人势啊。不仅仅是狗，人多了，连田野的庄稼院子里的蔬菜花果也长得特别快。

人能施肥，人能好言好语温暖和劝慰蔬菜快快长大呢。戴巧珍在一边附和着说。不笑，像是认真的。

我们的第一步棋，刘军平说，就要让艺术之光照亮村民的心，唤起他们的主人翁意识，唤起沉睡几百年的古村。

外来的艺术家，我们欢迎，这，刘军平指着眼前的植桂书院说，这是土生土长的艺术家呢。

院子里有一棵桂花树，巨大的树荫下仿佛有乱动的声音，那肯定是孩童们的玩耍嬉闹声。眼下却没有孩子，这是古代的书院。据说，清同治七年，宁海知县孙熹曾巡视到此，见箸岙村庄不大，但读书人甚多，大加赞赏，并手书一匾额"植桂书舍"相赠，以资嘉勉。

作家不能比官，但也能辨识这里的一缕书香，与丹桂的气息一样浓郁芬芳。

走进屋里，这里应该是孩子盘腿坐在这里，静静谛听先生教诲的书舍，现在却有书法家一样的人，在整理陈列已经裱好的书画。他叫褚向阳，是从省城来的。身份是褚遂良书画院执行院长。

这里马上要成为褚遂良纪念馆。褚向阳述说寻找这里的过程，充满了波折和缘，他到过本省好多地方，欣喜地看上这里的褚遂良后裔，没有放弃祖宗的衣钵，并在箬岙村支部书记褚勇坚的大力支持下，最终在此停下了脚步。他评价"这里文化底蕴深厚，村民对文物、文风、文脉皆为重视，且留有古宅多处，虽经岁月流逝，风雨侵蚀，但仍保留了原始风貌"。

我到达这里采访后不久，就听见纪念馆开馆的消息。那一天，很是隆重热烈。各级领导讲话，名流书画家捧场。这自然是后话，且是佳话。

"等纪念馆布好，每周会有书画名家来此交流，书画院也会定期在此举行活动。"

这才是刘军平他们要关注，并极力推动的事。一市镇得把这个事做大了，把这一缕书香悬起整个镇的读书和文化艺术氛围。

第二步棋，是村民主动要求做的酒文化博物馆。村民就是箬岙酒的传承人。这个村不大，闻名的不仅仅是书院，还有酒。这个酒的历史悠久，起始于明末清初。村里几乎户户酿酒，家家读书。

我几年前就喝过这种酒。它在县里有些小名气。据说村民不但自用，还销往三门、象山等地，酿酒已成为他们的主要产业。我的感觉烈度适中，香味浓郁，多饮不会上脑。有人甚至誉称它为"小茅台"。

传承人也是一家酒厂的老板。他已经搜集了有关箬岙酒的许多古旧酿酒器具，想创办反映箬岙酒历史文化的博物馆，已经得到了镇政府的支持和帮助。这个博物馆即将落成开放。

酒，想借着文化艺术的翅膀，走向更为广阔的市场。

第三步，第四步，第五步呢？

第三步做好箬的文章。箬岙的箬就是宁海话中粽箬的箬，所以这个古村无形中与端午节有着丝丝缕缕的联系。现每年端午时节，箬岙都会举办端午宴，有东海小海鲜、洋芋饭、箬岙馏、麦焦筒等，引得八方宾朋来此相聚。

第四步是箬岙"四盆八"。这话题与美食有关。早在明末清初时，一市就开始有"四盆八"菜谱。据传明朝族上有人在朝为官，再加上该村大都是有钱大户，因此非常讲究宗族礼仪（箬岙村是褚姓一族）。本来"四盆八"只用在官场中接待和家族中迎宾，后来发展到婚娶生日、寿礼等都用上这个菜谱。这个菜谱是箬岙村的特色，有"四盆八，连汤喝"的民谣。后来向外村流传到一市各村，一直到20世纪60年代，都非常旺盛。

第五步是箬岙饼和金头饼。它的制作工艺始于清末民国初，盛于民国。解放初期，流行于一市各地直至宁海的东路、北路，三门的健跳、巡检司等地。这个饼是绝对的上品，是用秘方制作的。金头饼有木制饼印，长50厘米，宽8厘米，每枚有3到5个饼穴，每穴底部都刻有"福""禄""寿""花草"等图案，亦有"扇形""莲莆""篮形""圆形""长方形""心形"等形状的饼印。此饼色如黄玉，造型秀美，味道甜爽，品样多种，深受大众青睐。以前，金头饼糯米糕点在一市一带广为流行，凡姑娘出嫁后到来年春季，娘家母亲"送小鸡"时，金头饼必不可少，后人亦以金头饼为送客上品，现仅有少数人能做，金头饼的传承岌岌可危。

第六步是发扬这里悠久的武术精神。箬岙人不单崇文且也尚武，曾请前童小汀文武两科秀才"庆老本"任教多年，族人多有习武健身而自保之风俗，舞狮、舞狮子棒、舞狮子拳等传承至今，涌现出抗倭勇士、捉贼抑盗名人。目前狮子棒传承人为褚有台，狮子拳传承人为褚有台和褚孟赞。在他们带动影响下，村民参加人数目前正在增多。

刘军平一口气说了许多。我以为棋子没了。他咽了一口口水，说了第七步。他说这里的雕花石窗实在精彩，打算搞一个浙东石花窗之村的称号。因为箬岙在唐宋之前就有石窗，但那时石窗位置既高又小，图案简单。到明清时代，发展较快，特别是清代中后期，石窗位置放低，面积加大，其花式图案题材广泛，寓意深远，式样繁多。那些能工巧匠，在进行石窗制作时，图案的命题虽约定俗成，但在实际打样雕凿时，皆是腹稿，没有固定图样，只随意发挥，灵活组合就同一题材而言，亦千变万化，不曾一同。《箬岙石窗集》中收集有 140 幅图案，如四季如意图、龙凤呈祥图、喜字图案等，无有一同，实为宁海之最。原来有上千扇之多，遗留仍有 400 多扇。

第八步，是至关重要的一步棋，即以文化艺术带动全域旅游和农业经济。一市镇的现代农业十分发达，优质产品有白枇杷、青蟹、花蛤、蛏子、南美白对虾。这一步，正在紧锣密鼓却扎实有效地进行。

这一步赢了，步步皆赢。

第七章

俗世有兰　芬芳依旧

第一节　桥头胡眠牛山有舜登台

2020 年 4 月 26 日采访桥头胡街道党工委书记邬培栋时，他把脸鼻处的口罩往下拉了拉，露出了嘴巴，并将它拉至下巴，在艺术家丛志强留胡子的地方，不摘。

丛志强的胡子是黑的，他的口罩是白的。

他很年轻，但不妨碍他拥有比别人更多的知识。他可能心底有太多的话急于表达，所以语速要比一般的干部快。

用艺术振兴乡村，太好了，是乡村振兴的有力抓手，宁波大学的两个师生艺术家团队进驻了双林村和储家村，他们要帮助双林村通过文旅促民宿再提升，让民宿有更多的内涵，帮助储家村进行旧村改造，建设廉政文化公园，利用现有资源，规划建设美丽乡村。

邬培栋说这话的时候，包括街道党工委的宣传委员董赟，我们已经站在眠牛山上。山酷似一牛躺卧，头向东南，尾朝东北。这座山位于桥头胡村落的西南方向，一座孤立低矮的小山，海拔 57.3 米，山坡平缓。但山的矮小，不妨碍它有深厚的文化底蕴。

它居然与舜有关。

舜（约前2187—约前2067），轩辕黄帝八世孙。姚姓，妫氏，名重华，字都君，山东琅琊诸冯（今山东省诸城市诸冯村）人。中华民族共同始祖之一，父系氏族社会后期东夷部落首领，"三皇五帝"之一。

其实，他看了我一眼，继续说，比舜更早的人类活动，这里已经发现石器时代的石镞，他颇有自豪感。连我这个听众也沾染了他身上的感觉。我在感觉他的感觉。

看看，他把手向上指了一下。我抬起头，就看到了2018年12月8日揭幕的舜帝雕像。比两层楼还高，据说总高度达7.25米，项目总共花了130万元。阳光从上面洒下来，有温度，有力度。

温度是中华民族始祖的温度，力度是重视文化艺术的力度。

传说舜帝曾到过濒海的眠牛山区域巡视。据说因为舜出生地在余姚冯村，旧称"诸冯姚墟"。余姚与宁海相距不远，来到这里，可能性较大。但历史上没有记载。可历史的真相未必尽在记载中。反而，从今天眠牛山还留有"舜登台"的遗迹来说，可以反证这一段历史的可能真实。

7.25米高的舜帝雕像也可以反证，这是桥头胡街道自信满满的证据。我说你有，你就有。我说你有，你不可能没有。我说你有，你不能没有。

站在眠牛山上，放眼四望。不只是舜，相传尧、舜、禹都曾登临眠牛山并留有足迹！

那，眠牛山的南峰，民间就称为"尧登台"，那北峰，被称为"舜登台"，两峰之间的清潭亦称为"禹池"。此刻，禹池里的水，一点波澜也没有。静静的，就如在回忆历史上曾经的三圣登临的瞬间辉煌。

我们也静静地站在一边，尽量把自己的心跳也放慢了。

邬培栋十分肯定地介绍，当地人为纪念尧、舜、禹登临眠牛山，在山间平坦处，建了一座"三官殿"。尧、舜、禹被当地的百姓封为三官大帝，祈盼他们给百姓带来平安和丰润，尧舜禹的故事及精神也在潜移默化中影响着桥头胡人，逐渐形成桥头胡人坚守的"开放、包容、明礼、守信"的黄墩精神。

黄墩精神的源泉，来自中华民族始祖。这该是多浪漫多浩阔深远的艺术想象。却不是空穴来风，有脚下这座沉甸甸的山作证。

而桥头胡街道和邬培栋，借以艺术振兴乡村的底气更足。

黄墩艺社，知道不？

我点头，装出什么都懂的样子。

他报了几个名字，林洪、薛峰、丁建国。

不知道，我说，我以为是之前曾经成立的一个传统诗词的诗社。

不是倡导艺术家驻村吗？这些人皆是桥头胡籍人氏在外的名家，邬培栋介绍，以他们作为核心，筹建黄墩艺社，更加贴地气和有号召力。目前，共有社员 23 人，都有从桥头胡出生或求学或工作过的关系。以薛峰、丁建国、陈国毅、陈滨、应伟建为名誉社长，以林洪、雪晓红老师为顾问。社长周毅、副社长胡肖杰、法人代表丁科峰、秘书长林锦晖。据说薛峰已经成为国际著名艺术家，在深圳与香港很有影响力。难能可贵的是，在帮老家桥头胡街道扩大艺术影响力的同时，自己也参与桥头胡的项目设计，成为一个艺术项目——梅林溪项目的艺术总监。邬培栋还送我一本薛峰的画册，我翻了翻，将几幅画发在微信朋友圈里，果然好评如潮。当代知名油画家作品，好厉害。

有两条是桥头胡街道的特色，邬培栋说，一个是他们通过本土艺术资源来进行艺术乡建，二是通过他们的乡贤资源。这里有两个关键人物，一是薛维海，他是宁波大学的党委书记，宁波大学有一个潘天寿艺术设计学院。另一个就是薛峰。

社长是我认识的周毅，在县文联工作，他与县内另一画家王琛的作品都入选了 2019 年全国美展。周毅的还是从 11 个城市、13 个展区、22 个门类、4469 件展出的作品中，选出的 573 件"进京作品"之一，进京展览。他与王琛实现了宁海县在美术史上历届全国美展零的突破。名誉社长丁建国的作品也入选了这次全国美展。

我在艺社看展出的作品，看里边布置的氛围，真想抄起笔，在这里添上一笔。无奈画笔如椽举不得，只得听社长介绍艺社成立的宗旨：艺术助力乡村，不但要塑型，更要筑魂，筑梦！艺社秉承潘天寿先生开拓创新、雄浑强健的东方艺术精神。

因为潘天寿先生，我肃然起敬。因为国画大师不仅誉满国内外，更是我出生之地冠庄乡贤，他诞辰 120 周年时，我写过一篇艺术论文《潘天寿，中国的文化现象》，后来被《红旗文摘》转载。

我看黄墩艺社的职责也很不简单：文艺助力乡村振兴；创建桥头胡区块的写生基地；邀请县外名家来桥头胡写生交流，宣传桥头胡自然风光和沉淀人文环境；配合街道节庆策划相关艺术活动；定期举办展览；定期举办艺术沙龙讲座及辅导；提升艺社自身业务水平。最近举办的王永昌老师的画展，一周时间有超过一半的作品被销售收藏，引领了整个宁海县的艺术品市场消费。

离开黄墩艺社，我们进入美丽壮观的"汶溪翠谷"。我对之前的这条山谷很熟悉，因为我在 2017 年 3 月 17 日的《光明日报》发表过散文《双林立在汶溪边》。我在文章的开头写道："双林村长在大山的一条褶皱里。大山叫茶山，是浙东宁海的一座名山，山上长'宋茶'，以前为朝廷贡品。山上流下清洌洌袜带似的一条小溪叫汶溪，整整十华里，流向象山港入海。溪水潺潺，草木葳蕤，花乱蝶舞。"

现在的"汶溪翠谷"就打造在这条山谷中。这里的一切，都与艺术的介入有关。

其一，邬培栋指着双林村村民办的一大批民宿说，这里的民宿早于全县各地，但设施相对简陋，是民宿的 1.0 版，服务价格也便宜。这里进行最多的是各种培训，刚刚举行了一场户外运动防溺水技能培训。依靠的是清清的汶溪水与便宜的民宿。

其二，儒、释、道、美四修。还有深厚的儒学与道学，明代大儒方孝孺是汶溪下游最有名的文人雅士，他在南京的朝廷里做了大官，仍然思念他的家乡，把汶溪边林子里的杜鹃作为乡愁的寄托："不如归去，不如归去！……忆昔在家未远游，每听鹃声无点愁。今日身在金陵土，始信鹃声能白头。"这个山谷里有闻名全国的女子佛学院。这里的僧尼遇见游人都是施以合掌礼，让人仿佛进入传统的礼仪世界。更有黄墩艺社的美术资源。四个种类的进修和培训也在积极进行中。

儒、释、道、美！我暗暗念叨，想象这四者在这山谷里汇聚的情景。4道彩虹吗？那山谷里一定艳丽异常。4条大道吗？都通向理想之地。

有一点可以肯定，其一和其二，都会形成一定的产业。

其三，养生产业。山上遍地皆黄金，眼下只是开发了供养生用的饮料：黄精茶。黄精茶即用山上的野生山黄精制成，年产值超过1000万元。

别的野货更多。双林村的村民说，山沟两边，一年四季长满了可供吃的东西。冬日里，竹林里有冬笋可掏，野木耳沾着晨露款款展开，被冬雪饿扁了肚子的野猪拱了这里，又拱开另一处。春日里，一场雨过，满地都见春笋挺起，角麂鸣叫着在寻找配偶，麦子成熟了，洋芋掏了，家家锅里下煮洋芋羹上蒸麦糕。夏日里，满山遍野的果子，栗子爆裂了待你弯腰去捡，溪水中的鱼一团一团在集中游行，调皮的孩子下水忘记了脱裤子，就有鱼呀虾呀钻进裤裆里。秋日里，南归的大雁在这里落脚戏水，地里的番薯一个个笑裂开来，一锄下去，一嘟噜一嘟噜的。苞芦（玉米）熟了，放在火上烤锅中煮都好吃。一年四季都有野菜可挖，采蘑菇得在雨后，抓田螺得在夕阳时，当地有一句俗语：日头扛岗，田螺拜堂。

其四，农业采摘观光。这个山谷适合种植水果，这些年，村民在屋前屋后也种了大量水果。以往的水果，只是雇人摘了，装在花费好多钱印刷精美的盒子里（这些盒子也会很快成为包装垃圾），起初是自己运到山外镇里城里，后来是外地采购商上门来，将已经采摘且已经包装的水果运走。可是，上门的果商只是少数一部分。大多数的果子还是得依靠农户自产自销。

借着全域旅游的光，进果园采摘成了艺术行为。看看这些诱人的颜色：山谷中的草莓、樱桃熟了，红红的；山谷中的蓝莓熟了，蓝蓝的；山谷中的猕猴桃熟了，展示一种别的颜色；山谷中的柑橘优良品种"红美人"却是金黄色的；长在茶山之巅的白茶最佳的是历史上曾经有过的黄金牙贡茶。进山谷果园的游客，一边自己采摘，一边品尝，笑声铺了一地，果子满满的用自己的包装取走。

果农在一边呵呵地笑。

村民们在摸透城里客人的喜好后，让冬天来的客人们上山去，告诉他们冬笋生长在竹子的阳面，因为有阳光照着，地下的笋芽才会生长。冬笋掘到，野木耳也顺便采到，时时还能发现野猪的粪便。村民告诉客人，野猪不会轻易攻击人类。春天的客人听到一阵兽鸣，以为是鹿，村民告诉他们，这是角麂，鹿科动物，食草，其肉鲜美，但我们一般不会捕捉。夏天，客人看见清冽的溪水想要下去，村民说，莫惊了溪中鱼。客人笑笑，不下溪，就在溪边的石头上翻翻。嗬，蟹！胆大的城里人去捉，被蟹螯钳住了手指，哟哟叫着，脸上仍然笑着。更有客人晚上打着手电去捉山蛙，手电光中的山蛙一动不动任人去捉。秋天里常常有篝火晚会，村民们唱着汶溪特有的山歌民谣，山外的客人乐得竖起大拇指。一个冬日，来自西班牙等十二国的客人，对村民家的石臼感兴趣，村民就在第二天蒸上米粉，让他们在石臼上捣麻糍。

其五，精品民宿。三个大型项目。一是"土人望山生活"精品民宿酒店，投资2亿元，2020年下半年动工建设。二是奥莱精品酒店项目，投资2亿元，也是2020年下半年开始建设。三是和"驴妈妈"合作的项目，投资达5亿元，计划在2021—2022年间实施。

汶溪翠谷，靓了。

第二节　梅林下栽一片兰花如何？

梅林是一个地名，现在是街道。我没有考察这个地名的来历，是不是与长着一片梅林有关。梅花开的季节，肯定是很美。

2020 年 4 月 26 日，我在梅林街道采访的时候，街道党工委书记王彪平一副沉稳大气的样子，我不知道他内心有没有一片梅林一个花海一派芳香的联想。

王彪平与我说的第一句话，就是：让农村变成城市，是可行的。关键在于，如何让农民变成市民。他们的素养、习惯、思想、修养，能变成市民吗？

就这样一句话，让我对他刮目相看。宣传委员林彩萍在一边，也朝王彪平盯了一眼。

以往，街道党工委是从三个方面入手的，王彪平介绍，一是从物质上改变。主要是政府的投入，改善村庄的公共服务硬件设施，包括居住条件。二是习惯上的改变。包括卫生习惯和移风易俗等文明素养。三是想从精神上引导。这是指道德规范培养，包括社会主义核心价值观的学习指导。以往上级党组织的精神，只是传达到党员干部。现在各村党员都建立了中心户责任制，以联系更多农户。我们以艺术振兴乡村的最后落脚点在于产业的振兴上，民宿，旅游经济，村集体经济要增收，农民生活质量得提高。

他的介绍虽然全是官方语言，可从所表达的内容及他的神态来看，没有轻描淡写，没有文过饰非。

最后他说，是艺术振兴乡村的载体，成为街道振兴乡村的有效抓手。

在河洪村，王彪平的眉宇间才舒展开来，仿佛晨间刚刚摆脱昏暗的田野。那里有晶晶亮的晨露，有鸟鸣，有跳跃的青蛙，一派生机盎然。

街道党工委副书记黄寅德和宣传委员林彩萍伴我们一起前行。

河洪村就在凫溪边。村里有一座明代古庙下溪庙，庙里有一楹联："一派溪水奏管弦，四围山色开图画"，道出这里的美景。我到过许多次，原来是为了这里曾经有一个享年112岁的宁波第一长寿老人朱土花。长寿文化的挖掘，让这个名不见经传的小山村，成为四乡闻名的网红村。

它始建于北宋仁宗皇祐五年（1053），现由下河、洪桥、洪家塔3个自然村组成，村民477户，1447人。河洪村不仅生态优美长寿者众多，而且人文底蕴深厚。有南宋翰林大学士何君府（1121—1219），复旦大学文学士方志大家干人俊（纂修省内外志书3辑62种1176卷，被原全国学术委员会授大学国文副教授职称），还有曾任宁海中学校长的乡村教育家干藻先生等乡贤，名人辈出。

根据"文化礼堂＋长寿文化＋乡村旅游"的一体化建设模式，河洪村共计投入200余万元打造完成能容纳500人以上的文化大礼堂以及百岁馆、练武场、武术广场、二十四孝木雕馆、农耕馆、同乐园等特色景点、场馆，挖掘整理文化礼堂"五廊"展板近50块，已经全面形成一个集学教型、礼仪型、旅游型于一体的农村文化礼堂。

我们今天到访的是一个艺术创客工作室。一个山角落里的村庄，居然与最时尚的艺术"创客"结合在一起，不能不说是一个亮点。主人胡钊云，是被街道和村子引进的根艺艺术家。可他有两种身份，当我们坐在茶桌上喝茶时，他指了指另一个年轻人，介绍说，他是范敏乾，是宁海开牧影视的制片人，我也是。他们正在一起拍摄一部明年建党100周年的献礼片，名为《青春破晓》。

在这村里拍电影？我问。

是的，范敏乾接过了话头儿。制片人之一胡钊云在这里，电影故事里的一个重要人物原型干人俊，也出生在这里。

故事的背景是1917年秋。已过不惑之年的龚志清即将卸任宁海县立正学高等小学堂校长之职，回顾自1912年起到1917年止的这段难忘的岁月，独坐在书案旁的他，脑中回想起 4 位个性独特，令人见之难忘的学生：潘天寿、干人俊、赵平复以及范金镳的事迹。逝去的岁月历历在目，十年后的 1926 年夏，范金镳与蒋如琮、潘子炎、邬植庭、王育和、包定等人在危艰的时局下建立了中共宁海县第一个党支部——宁海中学党支部，缑城千秋伟业由此开始。1931年，将自己笔名取为柔石的赵平复献祭了他浪漫的灵魂，鲁迅先生悲痛地写下悼文《为了忘却的纪念》。干人俊胸怀锦绣，游历四方，编撰地方史志。潘天寿终成一代国画大家……

面对年轻人身上的闯劲，我暗暗祝愿他们能够成功。

黄寅德继续介绍村子里即将进行的几个项目。一是引进和建立匠艺师葛招龙工作室，二是由本地籍上海商人陈凯弘投资建成以中医养生理疗为主的"国医馆"，三是计划建设"干人俊方志馆"，四是准备建一个"国学书院"，含制香、插花、茶艺等教学内容。

走进创客胡钊云的根艺展厅，我的眼界大开。这么多奇形怪状的根雕，我想是把天下的树根全部集聚到了这里。之前，我也看过不少根雕展览和个人展馆，但有一个感觉，都是根艺师的刀下作品。刀是雕刀。根艺师凭着自己的想象和武断，雕刻刀下就出现了作品。可我觉得那不叫作品，得叫产品。唯有这里的根雕，才是作品。如同胡钊云原来是匠人，后来成了艺人。从匠到艺，是质的变化。这个变化，就是创造。而他的作品也是这样。首先，他的取材就与别人不一样。他的材料取自福建泉州的大山上，取自太行山的大山壁上最好的夹壁料。经烈日炙烤，雨水冲洗，岁月留给木材的便是千姿百态的风貌，却保留其完整的根部。他介绍说，每一件木材，都是孤品。面对上百年风化后的陈化料，经他清洗后保留其原有形态，从 80 目到最细 20000 目的打磨，随形修正，木材便脱胎换骨，纹理清晰，纹络细腻。

这里有一个关键词：随形修正。

而不是雕刀下面出的产品。随形修正，就是画龙点睛式的艺术创造。

　　我最感兴趣的还是他的葫芦产品。有艺术的成分，更多的是产业利益。他发动村里，或者更多的村庄农民种植葫芦，经他加工后销往市场。这个90后的年轻小伙子，召集了一百位志同道合的手艺人，开创了名叫"百工集"的品牌市集。它是一个集手艺人和消费者于一体的社群。有陶瓷、皮具、琉璃、首饰……目前的手工艺团队已经超过百家，都是全国各地各行业各年龄层的小众玩家，销售形势也看好。

　　这让农民增收的艺术品生产活动，得到了村民和街道的好评。

　　我们从河洪村出来赶到刘三村时，县里驻村的艺术家杨小娣也在那里。村口的一面巨大的墙上，最高处达8米，宽达10多米，被花花绿绿的颜料涂满了，以为到了欧洲某个古村落。走近了，看到画上的中国特色的内容及画风，才与欧洲分离了开来。画上的内容是关于兰花仙女的故事，画风颇似中国传统门神的画法，色调有些暗，显示宗教才有的崇拜趋向。

　　村支书刘建宽说，这是2019年炎热的8月里，宁波大学潘天寿艺术设计学院张玉新老师带领的学生团队画的。骄阳如火，他们一干就是一个月。当然，不仅仅是一面墙，还有七个关键位置，在充分融合村民意见后，进行了艺术设计改造，并一边参与施工一边负责质量监督，好多活儿。他从微信发给我一个图片文件。我打开一看，竟然就是墙上所绘的兰花仙女的传说故事。编者是张玉新。

　　故事分成5段，与画上5个既独立又相连的单元有关。说的是贫穷的刘老汉上山采山珍贴补家用，遇见兰花仙女施以兰草救助，后又被乡绅、县令巧取豪夺，最终物归原主，隐在山林又继续帮助穷困乡邻。将结束，又突然奇峰突起，恰遇灵感袭来，兰花又与楚国大夫屈原有关。最终落在村民世世代代口口相传的兰花仙女的故事与艺术振兴乡村有关，村里于是建了一座"雁山兰园"。

　　我不得不佩服并感激这位大学老师心地善良。

　　天下文章都是抄来抄去为多，但唯一可取的是做这个文章的人，他的良心。

我抬头看时，雁山兰园就在眼前。这是一个当代人仿制的传统院子。可院子上的石头阊门，那翘檐，那廊柱，却透出古色古香。有人介绍，这石头阊门的材料，全是古代遗下的。只不过，它之前，是在别的地方。是雁山兰园的主人花重金买的。一个很时尚的名词：易地重建。

走进园子，亭台楼阁，小桥流水，像是走进传统文化。有一个亭子上的题字，还是院子的主人刘云托我让知名书法家林邦德先生题写的。我站在林邦德题写的匾额下，哦，整座亭子，有些味道。

园子建在一个小山坡上。层层叠叠的，有立体的文化感。谁能想到原来这里是一个堆放垃圾杂物的所在。是艺术让这里焕发了新的生命魅力。

在顶上的主厅外，前后左右皆兰花，我们在中间坐定，饮茶。此刻，兰未开花，就让想象中的花香覆盖我们。

刘云是村里出生的企业家。从杭大化学系毕业后，原在县内企业豹王电池任职，后来自己创业成为三家公司的老板。在外打拼多年，是家乡变富变美后，他响应当地政府的号召，以艺术的名义投资建设了雁山兰园。他的举动恰好与艺术振兴乡村相吻合。

艺术让兰园让兰长了翅膀，刘云介绍，他们的目的是发展兰花产业，让村民种兰，让这个片区的所有村民都种兰。目前已经成立了 8 家农户参加的兰花合作社，合作社还成立了一个党支部。

让大家都富起来，以艺术的名义。

主厅的旁边就是一个投入巨资建设的兰花养殖园，恒温、恒湿，是国内兰花种植业最为先进的。里边有众多闻所未闻的兰花品种。兰园旁边的民宿已经装修，即将营业。还将复制县城原有的古典名园：梦园。

杨小娣说她正组织邀请艺术家、作家采访，最后拿出她参与策划设计的，以兰为主题的文创产品：画兰的布包、折扇、手绢，称还将开发兰香糕点、酒、茶等。

第三节 力洋的雪野工作室和深圳的温泉艺术村

采访县委常委会委员、宣传部部长叶秀高时，他说，你去力洋雪野工作室看一下，蛮有意义的。

我去力洋之前与力洋镇党委书记陈模曹取得了联系。到达镇里后，陈模曹去县城开会了，宣传委员叶月玲接受了采访。她说，2019 年 7 月，县里安排中国美院的一个师生艺术团队共 10 人，进驻了力洋古村，一共五天，为力洋的古宅留下了好多艺术摄影作品，还有新媒体创作。这些来自美院的师生，为古老的力洋吹来了艺术之风。

这风有些大，吹拂了一些世俗积尘，对力洋古宅重现光彩起了好大作用。

说话间，我们已经来到了雪野工作室。雪野是力洋镇路下施人，原名施永仁。在全国儿童诗领域闻名的雪野是其笔名。据介绍，他从事儿童诗教育三十年。他是力洋镇开展的"力洋人讲力洋、唱力洋、写力洋、画力洋"活动中，引进的一个力洋籍人才。

他在这里的主要职责是儿童诗教育，以力洋小学作为一个教育点，建立了一个少儿读书室，"你来敲门，我就为你点灯"。点灯人的形象很受小同学的喜欢，这里成为小学生的打卡点。

工作室主人很热情地请我们喝茶。排起来拍照留念。我的个子矮，在高高的名人旁边立着内心有些忐忑，但身上仍然落满了那一天好日头的光彩。

力洋还有悠久的酒文化尚待挖掘和推广发扬。几天后，我就看到一篇美文《酒文化传承与工匠精神》。此文热情洋溢，语言优美，且博古通今，推崇这里特有的酿酒工艺和浓郁的文化。作者是袁素红老师，她是县里派驻力洋镇海头村却是力洋本村籍的艺术家。

来到深甽镇，远远地看到凫溪边上的温泉艺术村。

我就想起几年前一个冬天，寒风凛冽，说话得加大声音才听得见。镇党委书记王东海指着一个工地说，这里要建一个艺术村。那个时刻，我冻得瑟瑟发抖，眼泪鼻涕齐出，有些狼狈，我忍住。

艺术村的概念在那个冬天闪闪发光，那是我憧憬的力量促使。想不到，短短的几年过去，原来在王东海嘴上的，现在，就呈现在我的眼前。一只巨大的吉祥猪雕塑，在那里昂首相迎。猪的形态憨极喜极，比拟的是财富和福气。

秀色可餐吗？我就急急进到艺术村。

村长王琛。

这原来是一处荒僻的山角和溪滩。与原始人在荒凉的世界上建村一样，具有划时代的意义。这是这块荒僻之地的文明祥瑞。

我们停好车，等了好一会儿，王琛才在一幢楼下冒了头。这个时间是在 2020 年 4 月 26 日傍晚，夕阳的光芒柔柔地照着这个新造的艺术村，似乎上天免费给这里刷了一道亮丽的漆。我似乎听见那把无形的刷在天际刷出的声响。

天酬人，是酬谢有道之人。

进入他出来的厅，里边有深甽镇党委的组织委员娄松延，还有分管文教卫的副镇长娄蛟敏。茶桌上的茶，正酽呢。两位干部找他有事。不一会儿，镇党委的宣传委员水玲玲赶到，直说着不好意思，都走出镇政府大门了，又被人缠住，所以迟到。

因为对王琛的采访已经开始，所以采访全镇艺术振兴乡村的工作得排在他之后。

王琛是一代书圣王羲之（303—361）的第 49 世孙。

现在他是中国美协会员、宁波市美协副主席，且是事业有成的圣巴黎股份有限公司董事长。

他的老家在梅林街道的大路周村，乾隆年间由天台迁入的，为何会选择在深畎镇的沙地村？

是因为一棵六七百年树龄的银杏树。沙地建村有八百年了。

人被树折服，是人对于大自然的归顺。王琛回忆起，沙地村里大都是王姓，他的姓与之恰好通谱。在村庄王姓修谱之时，他多来了几趟沙地，看到山脚溪滩边上的这一棵银杏。那个时候，他梦想有一个创作基地，问了村干部。村干部认为好。

那是 2007 年，镇里的书记应培杰听闻后表态，十分支持他的事业梦。王琛之前已经与县委常委会委员、宣传部部长王建云谈起此事，王建云向他推荐了茶院的石头村许家山。但他还是认定这棵银杏树。

他从心底感激镇里的两位书记，一个是应培杰，另一个是他的后任裘伟民。不过书记是镇党委的代表，应该感谢的是两届镇党委和政府。是他们给予了大力支持。

让一块偏僻的山角和溪滩，长起艺术的果子，不是一般的努力能够实现的。

在前两任和现任镇党委书记的鼎力支持下，王琛的艺术梦慢慢实现。2013年，该块土地以"商服用地"挂牌，王琛的公司取得"商服"使用权。2014年，该温泉艺术村项目正式上马，一共投入资金 7000 万元左右，几乎将王琛以往积累的财富全部用上。2018 年竣工开村。

一辈子心血皆为艺术，这是王琛的追求。

我不知道遗传的基因到底有多强的力量，可是天赋一词，世人都是相信的。我只知道王琛对于文化艺术的追求，明显地高于常人。

王琛出生的时候正是史无前例对于文化艺术施以极大摧残的"文革"期间，恶劣的环境却抑制不了他对于画画的喜欢。现在想起来，这个从小的爱好，就是艺术天赋。天赋是抹杀不了的，就如石头之下的竹笋，稍有机遇就会探出头来。

从小学，到中学，他的艺术才华渐渐显露。他就读的梅林小学原来的校长葛文俊，很有兴趣地看他一天到晚画啊画，有时候忍不住在一边指导一番。嗯，嗯，校长，我改过来，我这里加浓一些。稚子可教啊，葛老师以启蒙老师的责任心，在自己的美术技巧教育已经山穷水尽时，想到了该带他去见识县里的美术名家，于是，柴时道、杨象宪、吴昌卿、朱开益、陈林干等多位地方艺术名家的面前，就多了一个小画童。王琛说，我要拜你们为师。

看着王琛拜师的倔强劲和他有些稚气但显灵气的画作，老师们都笑着点了点头。读高中一年级时，王琛因故辍学，当了油漆工。油漆工与色彩有关系，那支漆刷就如画笔，王琛就把眼前的漆匠当成画画。古今中外，好多艺术家和画家，都曾经有过这样的经历。做木匠的齐白石，他把木头当成画纸，将手中的凿斧当成画笔，否则哪有后来的一代大师。做过教师的潘天寿，也把粉笔当画笔，将眼前的黑板当画纸，才成就了国画大师的伟业。

倒是关心他的老师，时刻想着提携他。王琛18岁那一年，县文化馆组织农民画培训，朱开益老师就让他参加。培训后，他的两幅作品入选浙江省第一届工农兵画展，并获得宁海唯一的三等奖。画作又在《宁波日报》《富春江画报》上发表，这好像给他打了一剂强心针，他追求艺术的信心更大。1985年，他以初中的学历，考入宁波师范学院美术专业。虽然不是高等级的美术专业学校，但起码与他的追求吻合。在这个专业学习中，他得到了美术基本知识教育。

1988年毕业后，在西店中学当老师。这一个阶段的他，艺术觉悟如春潮一般泛起。年仅23岁，他就发起并策划宁海八人"00书画展"，其中就有后来比较优秀的林邦德、葛晓弘、葛慈云等人。这次书画展在宁波展览馆举行，人民美术出版社专职画家林锴为此题字、全国著名文艺批评家王学仲专门作序，好评如潮。

艺术需要格局，人生也需要格局。这次成功的画展，打开了他人生的另一里程。1989年，王琛停薪留职下海创办广告公司。以艺术的方式挣钱，包括他后来的圣巴黎股份有限公司。我要钱，他说，是为了圆梦。但此期间，他依然保持艺术圣洁的心。其间，他还义务兼职宁海中学外聘美术老师。

世上的圆梦，需要汗水和钱，眼前的就是。

说话间，王琛带我来到另一幢的底楼。开了门，竟然是深甽镇的乡贤馆，这是在现任镇党委书记王东海支持下增设的。一家民营的艺术村，竟然主动承担起该由政府负责投资的乡村教育场所的责任，这是一个艺术家社会责任的体现。

我在一位乡贤面前立住，立刻我的目光亮了起来。

胡三省（1230—1302），中国宋元之际史学家。字身之。古为台州宁海，即今浙江宁海深甽镇中胡村人。南宋理宗宝祐年间进士。历任县令、府学教授等职。应贾似道召，从军至芜湖，屡有建言，贾似道专横不用。后隐居不仕。自宝祐四年（1256）开始专心著述《资治通鉴广注》，得 97 卷，论 10 篇。临安（今浙江杭州）失陷后，手稿在流亡新昌（今广东台山）途中散失。宋亡后，重新撰写。元世祖至元二十二年（1285）完成《资治通鉴音注》294 卷及《释文辩误》（12 卷），对《通鉴》作校勘、考证、解释，对《释文》作辨误，并对史事有所评论。

我知道，他所著的《资治通鉴音注》是已故国家主席毛泽东在床上经常翻阅的古籍。

这个乡贤馆约有空间 200 平方米，分为组织建设、制度建设、名人志士、故乡赤子、情系桑梓、理事风采等板块，集中展示深甽古代乡贤、海外乡贤及现代乡贤的故事。除了胡三省，还有戴恩、王锡桐、郭履洲、胡登跳、郭秀珍、孙启烈等，还有当代企业家严光明。

从乡贤馆出来，我们乘电梯到了另两个艺术家工作室。目前，有 8 位来自全国各地的艺术家进驻。艺术村免费提供工作室，使之成为举办艺术创作、学术交流及展览活动的文化艺术聚落和培训基地。这里还经常举办多种形式的艺术展，引进北京、上海及国外一些大城市的先进艺术作品。浙师大综合材料艺术研究所也在这里设了工作室。

世界上最前卫的艺术清流与偏僻的乡村景观巧妙地融合在一起。这样形式的艺术综合体在目前的省内极为罕见。

2018 年，宁海温泉文化艺术村入选宁波市级培育文创产业园区。

敲门进去，满目的艺术品。有艺术家正在创作。他们身上的创造欲望在这里得到了最大发挥。

从两个工作室出来，进入村内的宁波市玖玖美术馆，一场大型的美术展览正在举行，名为《我与空间》艺术展。艺术村还举办了宁波当代艺术邀请展、纪念潘天寿先生诞辰 122 周年藏品展、王琛艺术实践批评展，驻村艺术家 2020 迎春作品展。

深甽镇的宣传委员水玲玲为我讲述了镇里正在实施的"一区、三镇"建设，与艺术家下村有关。一区即为省级旅游区转为国家级旅游度假区。三镇即为省级特色小镇、省级旅游风情小镇、省级运动休闲小镇。

夕阳的光芒仍在。那把无形的大刷，仍在为这个艺术村刷上金色的漆。

第八章

全域旅游　流淌幸福

第一节　好大一个景

艺术让宁海乡村美了。美的是村民的心，是村里村外全域的景。宁海县让全县 1800 平方公里土地，都成为一个景。

有人惊呼：好大一个景。

2019 年 9 月 25 日，人民网浙江频道发布消息：宁波宁海成功创建国家全域旅游示范区。

2020 年 5 月 11 日，我又从浙江文化和旅游总评榜组委会获悉，在今年举办的"2019 浙江文化和旅游总评榜"评选中，宁海获评 2019 浙江文化和旅游产业融合发展十佳县区，系全市唯一。

在采访宁海县文旅局局长林仙菊时，她介绍为何称为全域旅游。它是指，在一定区域内，以旅游业为优势产业，通过对区域内经济社会资源尤其是旅游资源、相关产业、生态环境、公共服务、体制机制、政策法规、文明素质等进行全方位、系统化的优化提升，实现区域资源有机整合、产业融合发展、社会共建共享，以旅游业带动和促进经济社会协调发展的一种新的区域协调发展理念和模式。

这有些超越普通人的认知范围。一般人的观点，旅游是去往有景区的地方。但宁海县已经在实施，把整个县域打造成一个景点，且成为全国示范区。

"这，有些难度吧？"我问。

她递给我一份介绍资料，她已经在上面画了底线。

　　宁海自 2016 年成为首批国家全域旅游示范区创建单位后，充分利用国家生态县、中国天然氧吧等金字招牌，积极践行"两山"理念，始终坚持生态与经济互促共进。2011 年，宁海在全市率先提出建设"大景区"战略，迈出全域旅游发展征程。按照资源全域配置、景观全域打造、产业全域融合、服务全域提升、成果全域共享的思路，致力于打造长三角最佳休闲旅游度假目的地，同时深入推进"百村千宿万景"工程，基本形成了较为完善的全域旅游发展格局。

"艺术，让人美景色更美。"林仙菊肯定地说。

她历数几个重要工作措施，如"旅游 + 乡村""旅游 + 体育""旅游 + 文化"，她说："哪一个都与艺术沾边儿。"

"旅游 + 乡村"。

县内的乡村，大部分都是上百年几百年的古村，依山傍水，风景秀美。由于远离大城市，地处偏僻，交通不便，乡风浓郁，乡民淳朴。近些年，高速公路和高铁的开通，大量从城市拥来的人，呼吸着城里没有的新鲜空气，猛然觉得这是世外桃源。更有知识分子，接触村民后，了解民风后，觉得中国传统文化在这里依然坚强存在，尽管也是残留，但味儿浓，味儿正，是研究者的必选之地。

就国家级的传统村落一项，就有好多。有人在网上搞了一个排名。

1. 箬岙村。位于一市镇南部，东面濒临三门湾，是一个具有深厚文化底蕴的耕读渔村。明洪武年间（1368—1398），褚裕卿、褚德卿兄弟自本县牛台迁此。经过几代人的努力，箬岙成为一块殷富之地。从其书院、民居、经典的家具艺术，可见昔日的箬岙沉淀着深厚的耕读文化。箬岙村地处三面群山环抱，东面有一出口犹如一扇大门，整个地貌形如燕窝，又若凤巢，村庄濒临三门湾，有独特的山水风光，乡风民俗，历史厚重，古宅、古居、古建筑精致。村口有一个三角花坛，进村口右面有一处县级文物保护单位"镇宁庙"，庙前有一荷花池，往前有一棵百年大樟树，穿村小溪从大樟树边流过。传统建筑有：褚氏宗祠、镇宁神祠、植桂书舍、指南轩、近勇堂、过街楼、古城墙址等等。

2. 中堡溪村。"山上层层桃李花，云间烟火是人家。"这是宁海胡陈乡中堡溪村烙在游客脑海中的印象。中堡溪村由方后、中堡、东山、河头等自然村合并而成。水蜜桃的种植面积有 3000 余亩。凭借农旅结合，中堡溪村先后获得省三星级乡村旅游示范点、市级农家乐示范点、"市新农村示范村"、"市级旅游特色村"等荣誉称号。东山桃园景区已顺利通过国家 3A 级旅游景区创建验收。

3. 许家山村。许家山村最主要的特色就是石屋和有着五百年以上树龄的古树，石屋建造独特，弯弯曲曲的卵石路串起整个村庄，具有浓厚的山村气息。许家山石头古村是宁波市内现有建筑群规模最大、保存最完整的石屋古村，也是浙东沿海山地石屋建筑群落的典范。许家山村自从建村始，不仅保存着完整的石屋古村，同时也延续着传统的生产生活方式，在这片原生态的土地上，将传统的农家手艺"进行到底"：牵牛耕田、制番薯粉、做番薯烧酒、捣年糕、做竹编……

4. 西岙村。

5. 龙宫村。

6. 清潭村。

7. 力洋村。

8. 东岙村。

　　每一个村落，都是厚厚一本文化的历史。游客在这些村庄流连忘返，都赞美这是一次人文之旅、心灵之旅。

　　从 2019 年中国人民大学艺术学院丛志强教授带领一批师生团队进驻葛家村后，短短的时间里，全县各地开展"艺术振兴乡村"行动，引进"驻村艺术家"，激发村民艺术创作内生动力，打造了葛家村等 15 个艺术旅游示范村。教授让村民变成艺术家，艺术家让老旧房子变成民宿酒吧、把农副产品变成文创产品，艺术让乡村更有主题特色，让偏远山村变成"网红村"。这种形式在不断地复制。

　　分管全域旅游的副局长蒋敏有些自豪地说，通过"旅游＋乡村"模式，宁海农民从"卖田地"到"卖生态"、从"卖资源"到"卖风景"、从"卖特产"到"卖文化"，全县形成了绿色休闲、银色养老、古色文化、碧色山泉、蓝色海湾、彩色田园、特色民宿的"七色美丽经济"。

　　"旅游＋体育"。

　　宁海县是《徐霞客游记》的开篇之地。书中记载当年的徐霞客就是从这里出发，开始了他伟大的行程。踏着徐霞客的足迹，这里修建了全国第一条全长500 多公里的国家登山健身步道。

　　来宁海旅游的游客中，最多的是步行者。这里的登山步道已经成为很多户外健身爱好者休闲、健身的乐园。

　　有人把宁海登山健身步道比作一条美丽的珍珠项链，串联起沿线散落在宁海各处的景区、文化遗迹、村落、户外运动场所、农家乐和农业产业基地。

　　从上海来的游客朱彦超回忆说："我看攻略上写如果想要到杜鹃山顶看日出，凌晨 4 点 30 分就要出发，于是我就起了个大早，不到一个小时爬上了山，美美地看完日出就继续前进，走过了王社、许家山、石头村、柴鸟坑等处，路上也迷路过，也遇到了好心的导游给我建议。一直到天黑了才返回，满满一天的行程。让我最难忘的就是爬摩柱峰，就像攻略里讲的那样，过程很痛苦，基本上就是从山脚一直爬到山顶，中途休息了三次后终于到了摩柱峰顶，到达这片群山的最高点，很有成就感。"

像这样的外地游客很多。

有一个统计，如今每年在宁海健身步道上行走的人数超过 300 万，沿途农家乐接待超过 200 万人次，直接营业收入 4 亿元，带动农民收入 4.5 亿元，也正是这组有力的运动振兴乡村大数据，让宁海国家登山健身步道没有悬念地入选 "2019 人民之选——中国新美步道 Top10"。在这十年间，运动休闲大会也先后为参会的 300 多个市、县和上千家企业、组织和机构提供了良好的交流平台。

还有户外小镇等体育旅游项目。其中的胡陈乡野户外小镇，成功入选了首批省级运动休闲小镇。这个小镇聚集了好多人气，还拉动了经济发展。

"旅游 + 文化"。

宁海县不仅生态资源丰富，且人文底蕴厚实。闻名于世的就有平调耍牙、十里红妆婚俗、泥金彩漆、前童元宵行会等国家级非物质文化遗产，是全国首个中国古村落文化遗产研究基地，也是中国古戏台文化之乡、中国婚嫁文化之乡、中国茶文化之乡和中华诗词之乡……

2020 年 5 月 19 日，有记者采访副县长俞晶磊时，他说："文化旅游产业是朝阳产业、绿色产业、富民产业，是高成长性、高带动性、发展潜力最大的产业，具有'一业兴、百业旺'的联动效应。今年，宁海将深化文旅融合发展，加速推广全域旅游，加快培育婚庆体验、影视动漫、创意设计、文化演艺、主题乐园、游学旅游等新兴产业。同时，依托老城隍庙、前童古镇、十里红妆小镇等核心区块，打造文旅休闲街区、文旅产业集聚区，全力提升全域旅游发展质量。"

文旅项目的建设与艺术有关。比如大庄温泉乡根小镇、潘天寿艺术中心等17 个项目相继开工。另有王干山沧海桑田小镇、自在小镇·玲珑湾等 10 个项目签约落地。

借着艺术氛围的形成，"静城·宁海"文旅品牌进一步打响，并成功举办第十七届徐霞客开游节，推出红妆黛瓦、静城宁海、霞影西游等 20 条文旅精品线路，"百县千碗——宁海霞客宴"走进食堂、学校和景区。

还有，创建省级 A 级景区村庄 45 个，鹿山村获评全国乡村旅游重点村。建成民宿 426 家，2019 年该县民宿营业额达 2.41 亿元，带动农副产品销售 8.4 亿元。

文艺创作活力被激发。电影《春天的马拉松》获评省"五个一工程"奖，《箍桶记》获评中国民间文艺最高奖——山花奖。

这一个景点，够大。

第二节　民宿让农民在家门口数钱

家乡美了。好多人拥来乡村。来了人，就要吃饭、喝水。有人提出，这么美的村庄，得住上一晚再走。那溪边的流水声，那明月在山岙升起银晃晃的空间。

那诗。

那梦。

那美上加美了。

就在几天前，我采访过的大佳何葛家村村民袁小仙，给我发来她家民宿房间的照片，问我这样的房间和床好不好，我回答她：好好。在她自己家和村庄变美后，村里的游客大增。她也将自己空闲的房子，按照民宿的要求进行装修。我在采访她时，她家的改造工程正在进行，想不到，一个月过去，整个改造就完成了。

比袁小仙早一些创办民宿的村民有十多户。我从她的照片里，感觉到她愉快的心情。

宁海县最早的民宿起始于桥头胡街道的双林村。有了民宿后，这里客人众多。为何这么多？我自己也去寻找过答案。

我住县城，空气也算新鲜，可是每一次来这里，都觉得进入新的境界，看看从一辆辆大巴下来的来自上海等地的客人，他们一个个夸张地张大嘴巴。我问，为何？同行的人答，吸氧。这里吸一口，等于城里吸十口。洞中方一日，山下已一年。这里就是仙界啊。

这是早期外地客人对于民宿的感受。而现在，则有很多因素是为了这里的美。这个美首先是村民发现的。

岔路镇山洋村的村支书柴来兴，他原来经营村里至县城的载客中巴，有一天雨后，他看见大山中雾气蒙蒙的村庄有说不出的美。这个村是革命老区，经常有外来游人来这里，只是叹息这里不能住下来。有一年9月份，天下暴雨，雨量达到445毫米，时任县委书记的褚银良来这里检查防洪，看到离他家的房子不远就是山洋革命纪念馆，再看四周皆山，泉水叮咚，绿色盎然，空气清新，就对他说："这里是红色老区，革命大后方，又绿色生态，你在家里搞个民宿，在村里带个头。"当时他就心有所动。镇领导一看见他就提这个事。

"我搞就是。"他只答了一句。柴来兴把一辆跑山洋至宁海线路的客运中巴卖了，再把家里的积蓄拿出来，把属于家里两兄弟和母亲一起的房子六幢二层楼全部装修了，"大后方民宿"办起来了，用了51万元，目前有标准客房6间。柴来兴回忆起，正在灶间烧饭的他的妻也点头，仅仅是开业的6月至10月，就有2500人上他家民宿吃饭。住宿周末较多，节假日较多。在这些日子，一床难求，如果订床位，得提前一个星期。客人来自遥远的张家港、苏州、上海、扬州、广东，近的有杭州、宁波、北仑等地。这里边，回头客较多。村民看在眼里，记在心里，落实在行动上。目前，有一户已经将民房改建成民宿，另一户正在改建，跟着书记走的村民越来越多了。

再走进桑洲镇团结村。村民就问，你们是来找"南山居"的吧？就会手指一个方向，或者，直接把你带到门前。好啊，立在门前抬头看，就是山间常见的传统民居，是屋子的主人陈洪县一手改建的。从民居到民宿，一字之差。陈洪县一个地道的南山人，却一直在宁波经营监理公司。年纪渐大，于是有了落叶归根的想法，刚好家乡桑洲镇出了一个民宿扶持政策，一拍即合，开办了民宿南山居。南山居极大地保留了老房子的格局，共 7 个房间。

一楼堂前，以前是摆放祖宗牌位或挂祖宗像的地方，现在挂了孔子像，旁边还有几幅名人墨宝，在堂前与二廊沿设了茶座，让人在这里品茗，谈古论今。

一早，人们可以爬上村后不到百米的山峰，欣赏朝霞和日出，晨雾飘渺时，仿佛在仙界。下山回头时，炊烟绕村边，才觉还在人世。

晚上，华灯初上，一席农家宴就以豪华阵势出现：番薯、长筒南瓜、红毛芋、豆腐皮、青溪鱼干、白切豆腐拌葱油、土猪红烧山药肉，再满上一杯农家土烧酒，抿一口，醉生梦死不等闲。

宁海温泉的秀山丽水，让一个在宁海出生长大且在上海取得成功的商人陈凯弘着了迷。蒋建宇，宁海人，曾获安德鲁·马丁空间设计国际大奖。陈凯弘指着家乡的佳处说，在这里，开一家民宿吧。蒋建宇说，我也早有此意。两人拍了拍手，一拍即合。

于是，"宁海十二忆温泉文化客栈有限公司"应运而生。一共有 4 个合伙人。家乡的美，是他们反哺家乡父老的源头。

陈凯弘在接受记者采访时说："我在宁海出生长大，后来到上海读书、工作了 17 年，近两年才回家乡做民宿。很多人说做民宿是情怀，但在我看来，做民宿要以情怀为初衷，以事业为态度。如果仅仅把情怀放进民宿，很难做好这个事业。"

他分析当前国内民宿很多仍处于收益低迷的状态，但这是短期的，再过三年、五年，当一些低端民宿被淘汰了以后，留下来的这些民宿必定能取得收益。

他们的民宿起步晚了一些，但陈凯弘与他的合伙人做的民宿特点有别于其他。

他们打造的是一种生活方式。这是一种家乡特有的美。

3 家民宿，3 家呈现出来美的状态不一样。

第一家在温泉，以私汤的方式代替大众温泉。指的是 VIP 客人的私人沐浴温泉。除有温泉私汤以外，还有私汤客房：私汤客房里内设私人露天温泉汤池，自在泡汤，私密畅享。这种客房还分为私汤客房、私汤复式套房、私汤贵宾复式套房、私汤豪华复式套房。

无疑，这是一种上档次的温泉民宿。

第二家在前童，是一个小镇姑娘的形象，让古镇体现出柔美、女性的一面。古镇，不论是打一盏灯笼晚间出行的姑娘，还是晨间将刚做出的豆腐在后水门叫卖的姑娘，都是世俗间的纯粹之美。

第三家将建在梅林街道长寿村，主打的是康养的生活方式。这种生活方式不仅时尚，还是一种趋势，是社会文明进步的表现。

三家民宿，不同的美，任由游客来选，任由世界来选。选出的都是心中的希望。

宁海的民宿就这样如燎原的野火一般发展起来。其中，政府的引导和规范，让这种态势一直保持炽热和旺盛。那就是宁海县推出了"宁宿"品牌，还有各种行之有效的管理措施，包括指导思想和理念。

我因为写作另一部书，对于宁海的民宿多有了解。

文化和旅游部在全国范围推出全域旅游示范区建设，就是借经济落后地区的生态资源，帮助当地农民脱贫的一项举措。

民宿，是指利用城乡居民自有住宅、集体用房或其他配套建筑设施，结合当地人文、自然资源民俗风情、生态生产和生活方式，为旅游者体验当地文化和生活，提供住宿、餐饮、休闲、度假等服务的处所。

但也有专家发现，在"民宿热"的驱动下，民宿发展的"乱象"不少，诸多民宿与其他住宿业态的差异越来越小；甚至一些成片新建的酒店，一些"高大上"的酒店，都冠上了"民宿"的美名；甚至演变成了一种纯商业投资行为，这就远离了民宿的本义。

有专家特别提醒，民宿就是民宿，应当坚守自己的本质。民宿的本质，首先应是"民"字当头。这"民"，当是利用民居改建、保持当地民居风格也。这"民"，当是彰显地域人文特色、具有当地民俗民风个性也。

民宿的本质，其次当是"宿"字为本。因为本质上，民宿提供和创造的是一种生活方式。当下，民宿之所以受到部分年轻消费者、家庭消费者和中产阶级消费者的青睐，正是因为在民宿可以享受到一种有情怀、有个性、有家有园、有归属感，而且是自己追求的生活方式。所以，民宿，一定要坚守自己的本质和个性，方可在倡导和创造生活方式的路上走得更远、更好。

说到个性，民宿当更接"地气"，更具自己的个性。当然，民宿还应有一个鲜明特征，就是更加关注"民生"。这个"民生"，首先是要让入住民宿的消费者住宿得舒适，生活有品质。

让民宿"纠结"的，还有一个问题，就是"标准化"与"非标性"。近年一些地方和有关部门出台了关于民宿的"服务导则"和"管理规范"，以及消防管理等规范，非常及时且可行。民宿，就是要首先在惠及民生、提升生活品质上守住"底线"，坚守本质。

专家提醒，民宿，当惠及民生，不仅体现在提升品质上，还应"落地"到提高经营的综合效益上。必须要有经营模式、盈利模式。

有专家再次评述，"当我们走了一半路程时，别忘了自己当初为什么出发"。所以，以民宿发展须"回归本义、坚守本质、弘扬本色"的视野看当下的"民宿热"，当泼点"冷水"！切忌"一哄而上""遍地开花"；更不可头脑发热、"大干快上"。

宁海发展民宿的初衷，与国家层面的理想吻合。宁海发展民宿的实践，也与专家评析的相符。

有一个材料表明：宁海现有民宿（农家乐）426家、等级民宿11家，分别占全市1/3、1/4，床位数超过9000张，平均出租率达到63%，带动农民人均可支配收入年均增长9.5%，荣获市级以上民宿特色村19个、示范点16个。2019年民宿营业额达到2.41亿元，带动农副产品销售8.4亿多元，城乡居民收入比缩小到1.72∶1。实施"百村千宿万景"工程，鼓励农民通过经营分红、工艺入股等参与旅游开发，在全市率先投用区域公共品牌"宁宿"。农民中流传着一句很形象的话，"一张床的收入胜过十亩地的产出"。比如桥头胡双林村，一家农居15个标间，一年收入可达100万元。又比如胡陈梅山村，引进打造白金宿"心宿无尘"，村集体通过"以景入股"每年可增收35万元。

这些以总结的文字写成的材料虽然有些枯燥，但是它所反映的真实，却如烧灼的炭火，着实让关心农村农民的人们心里温暖起来。

第三节　农村地区幸福指数高

这话是分管农业农村农民（简称"三农"）工作的副县长沈纾丹说的。她的原话是：宁海县农村地区在宁波名声比较响亮，是由于幸福指数高。她还向我述说了几个对比数据，我不懂这些数据。

这个高有很多因素，她说，其中有艺术振兴乡村，这是肯定的。幸福，就有艺术家进村带来的东西。

宁海县处在农业大县向农业强县过渡的阶段，她"在农言农"。她说，县政府在农业方面，这几年在重点抓以下几项工作。我在一边默默地听，默默地记。虽然她所说的是当今政府机构干部在说的语言，普通的读者有些生疏的词，但不管怎样，会看到一些实在的词。

一是搭建平台引项目。农业与工业一样，没有好的项目，是实现不了超越的。宁海县是浙江省的海水养殖大县，占农业的比例七成。从 2017 年始引进和培育苗种企业。苗种的重要性，相当于农业上的芯片，利润最大。目前引进了大概有六七个，包括了青蟹、白蟹、鲈鱼、南美白对虾等。且这些苗种价格合理，存活率防疫水准高。仅鲈鱼育种一项，产值达 2000 万元。

她举例，县里在三门湾农业园区，引进了南美白对虾养殖项目。这是一个高精尖项目，高密度养殖，一年可达七八季，要比普通的养殖高好几倍，现在初步测算为三倍以上，而且零排放。零排放是什么概念？一般的养殖都会因饲料的投入 / 水体的相对静止而造成排放污染，而这个新技术采取了不同一般的技术和措施，让排放造成的污染降为零。这个项目在 2020 年 7 月投产。

种植苗种的引进，让由良蜜橘连续三年获得"浙江省十大名果"称号。五六万亩罐头橘改良成由良蜜橘为主的优良品种。

宁海有一个 260 年历史的优质生猪品种——岔路黑猪，在 2016 年时，一年出栏只有 1000 头。经过努力，三年时间建成万头猪场。为了延续、保种、育种需要，县里与上海农科院合作"冻精术"科技项目，将岔路黑猪的谱系全系列永久性保存。由于其仔猪存活率低，通常只有 20%—30%，所以，要使优质品种商品化，提高出栏数，还需要继续努力。

二是打品牌。即为农产品搭建一个公共区域平台：1+X 模式。比如"宁海珍鲜"为宁海公用品牌，可以加无数品种。这项工程还与著名的农业公司"正大"集团合作，使得推广的平台更加广大和深远。

三是培育人才。出台政策，促使工商资本回归农业反哺农业；鼓励年轻人回乡创业；以农技农科队伍支撑产业；培育合作社、家庭农场等专业人才。

四是涉农资金整合改革。改变涉农资金原来的"天女散花"式无序状态，集中统一使用，并向产业化类项目、农田水利、美丽乡村建设倾斜。此经验被有关部门评为全国改革十大案例之一。

还出台了全国首个垃圾智能分类地方管理办法。

还有……

沈纾丹此刻忽然笑了起来，并停止了述说。

"为何停下来不说？"我问。

"我看到您笑起来了，"她说，"所以，我不说了，可能与今天采访的主题有些远了。"

"不远的，"我也笑着说，"我们就这样面对面的，听着亲切。"

她这时看了一下窗外，院子里那棵香樟，那枝叶快要伸进窗里来了。我也顺着她的视线望了望窗外。我看见一枚叶子，飘着香的。如果此刻有蝉趴在上面，嗞嗞地叫唤，那该有多美。

走出办公室，沈副县长对于农业农村农民工作如数家珍的陈述，仍在我心口跳跃。那是一个地方干部赤诚的大爱促使。

这种述说过程有些美，与艺术相似。

从县政府出来去的第一个地方，就是沈副县长推荐的一个年轻人回乡创业的典型——应秀琴家。据说她是宁波百丈医院外聘的执业医生，辞职回来在农业产业公司任职。来到她所在的梅林街道的宁波恒鑫生物科技有限公司，我看到公司的老板章建军。她任的职位是公司的销售部经理。

这一家农业公司却是十分有意思。公司主营生物菌有机肥生产销售。起因是章建军的母亲59岁就病亡，环境污染是首要的致病源。而在现场，几个公司的负责人，都在述说同一件事。环境污染，造成水果不甜，蔬菜等农作物都呈现不健康状态。原因是，土壤病了。创办公司的最大目标，是为了修复这些土壤的病态：土壤修复、土壤重金属残留稳定和农药残留降解，执着地打造农产品零农残、无污染，进而提升全民身体素质，促进农业生态循环利用、促进农产品提质增效、保护农业生态环境良性循环。当然，公司盈利是最大的目的。

这家公司在 2017 年创办，注册资金 2000 万元，以集菌源酶开发为主，是集天然植物有效成分提取、研发、生产、销售于一体的现代化高科技企业。创办之初，就得到了政府有关部门的大力支持。他们特别提到县农业农村局，包括从局长到分管副局长，还有很多从事这项工作的科室和部门。他们在提到这些人的名字时，眼神里充满了感激之情。

2018 年 1 月 13 日，公司开始生产。产量不大，只有几千吨。当年销售 1000 吨，300 万的销售额。2019 年销售 2000 吨，销售额为 600 万元。2020 年的前三个月，销售达到 5000 吨。公司目前为宁海的十大农业产业供货，进入了农资店。部分产品进入相邻的奉化、象山、鄞州等区县农资市场。

其中的拜赖青霉，正在申报国家专利，即将获得通过。

公司不仅生产销售生物菌有机肥，还推广科学的种植法。其中的番薯种植法，三年后能获得专利认证。这种种植法即番薯定位结薯栽培法，已经获得推广。新型的生物有机无机掺混肥料有待认证。

就这样，其生产销售的肥料能够修复病态土地，使农作物口感变佳，抗病能力加强，而且其研究和推广的栽培法，使农作物获得高产，且能够在春秋两季种植。

所以公司在销售肥料的同时，直接派技术员下了田地现场指导。其实，是公司的系列经营行为，干预了土地和种植。

口感，抗病，高产，我采访完毕离开公司时，口中生津。

津津有味。我默默为这个公司祝福，祈祷，愿他们有艺术味儿，令人有更多的美好遐想。

沈副县长推荐的第二个农业高科技企业，是位于一市镇的宁波华大海昌水产科技有限公司。

在此之前，我已经来过这里，还熟悉了公司法定代表人邬时会。他是西店镇的企业家，是一个工业反哺农业的典型人物和代表。我看到邬时会身上有太多太阳的色彩，与我们坐惯了办公室的人完全不一样。但显得他的眼白和牙齿很白。有对比，才有价值。

他的华大海昌也一样。他说，在他的公司成立之前，宁波市范围内，没有海水养殖苗种场。这里的海水养殖户们需要的苗种，是从遥远的比如海南和福建购得的。路远了，成本就高了。还有成活率，这个确实成问题。"对了，我公司现在出售的苗种，只要有问题，用户一个电话，我们的技术员就会到现场。如果是海南、福建，这就有难度。"

宁波华大海昌水产科技有限公司成立于 2017 年 12 月 28 日，是一家专注于生态育苗的现代水产种苗企业。公司位于宁波市宁海县一市镇蛇蟠涂区块创新基地，占地面积 304 亩，截至 2018 年 12 月，固定资产总投资 1600 余万元。

公司最近与宁波大学海洋学院签订了技术研究合作协议、科技服务协议，共同开展渔业产品与技术合作，这使得他们增加了有生力量，还对宁海县发展现代水产种业具有积极意义。

迈步出去，就看到连片的育苗车间及工厂化的育苗场颇具规模。技术员们正在投放饵料、控制温度，显得有条不紊。邬时会介绍说，他的公司不仅是宁波唯一一家可以开展南美白对虾无脊幼体育苗的现代种苗企业，而且走科技育苗之路，成为宁海县育苗企业中的翘楚。

眼下的基地，拥有 10 幢育苗车间，不但温控、消毒、净化等设施齐全，还有一支来自海南海昌公司的专家团队。为使虾、蟹、鱼苗成长有更好的营养和环境，公司还斥资 100 多万元引进 2 套海水浓缩设备。育苗专家陈桐城介绍："这个水处理系统，不仅可以过滤海水中的杂质，还能提高海水盐度，从而保证亲虾产卵和苗种的品质。"

2020 年苗种销售能有多少？

3000 万元吧，邬时会肯定地说。

县农业农村局的局长潘海东勤于工作，在接受采访时却显得有些谦逊。

农业农村局是由原来好几个局和单位合并的，所以工作繁杂，责任性比之一般县级局要强。在我的要求下，局长只是透露了一下全县的"三农工作"成绩。不过，他首先声明，这不是一个局的成绩。

他说："去年以来，通过全县上下的共同努力，我县"三农"工作持续稳步向好发展：一是农业生产水平进一步提升，一产增加值增长 2.6%，位于全市第二，农业现代化发展水平从全省第 22 位跃升至第 13 位。二是农民收入进一步增长，农村居民可支配收入达 33864 元、增长 9.0%，低收入农户人均可支配收入达 13899 元、增长 14.3%，同比增速均高于全市平均、高于经济增速、高于城镇居民人均收入，城乡收入比进一步缩小到 1.8∶1（比 2018 年缩小0.02）；所有行政村集体经济收入超 30 万元，经营性收入超 10 万元以上。三是农村环境面貌进一步改善，收官小城镇环境综合整治三年行动，9 家单位成为省市样板，农村生活垃圾分类绩效考评全市第一，生态环境质量公众满意度稳居全市首位，艺术振兴乡村工作受到群众欢迎、各方关注。四是基层治理能力进一步增强，小微权力清单制度入选全国首批乡村治理典型案例，全国法治乡村建设工作会议在我县召开，落户首个省乡村治理标准化技术委员会。五是对口支援成效进一步显现，落实帮扶资金 1.25 亿元，扶贫车间、就业扶贫等模式入选国家扶贫协作典型案例，东西部扶贫协作及山海协作工作考核居全市前列。"之后，我采访了宁海县农业农村局党委委员、副局长仇贤林，他主要从事这项工作。他是 2018 年浙江省委、省政府扶贫工作先进个人，2019 年宁波市委"六争攻坚"好干部。

潘海东的这个"三农工作"成绩，从头到尾，充满了幸福二字。

潘海东的谦逊，是宁海县基层干部的常态。

第九章

自尊自强　未来方向

第一节　不懂乡村的设计师进村比鬼子更恐怖

"大批不懂乡村的规划师、建筑师、设计师进入乡村，比鬼子进村更恐怖！"

最近有专家断言，这是现在乡村振兴中一个很普遍很尴尬的现状。不懂乡村的人去改造乡村，不仅是亵渎乡村，更会毁掉乡村。

这个比我2005年写的一篇随笔中的观点更为尖锐。我的随笔标题是《谁来收藏中国村庄》。这篇文章曾被包括《读者》《青年文摘》《晚报文萃》等全国30多家报刊转载。我在文章的开头写道：

　　一觉醒来，你知道自己在什么地方么？

　　在中国？亚洲？还是在欧洲？美洲？抑或非洲？

一个本来不是问题的问题，终于让我和周围的中国人遇上了。

当山还是这座山，明代旅行家徐霞客牵着马爬过的山，当河还是这条河，唐代诗圣李白踏舟行的河，月光清影照着的再不是鸡犬相闻的村庄；旧时堂前燕，再也找寻不到寻常百姓家，这就真是遇上问题了：你不见了代代相传的民居，你不见了祖祖辈辈共同生活的村庄，中国，丢了自己的村庄。

没有比这更悲哀的事了。

与这篇文章发表同期，我所在的部门，组织了一个"全国作家看宁海、写宁海"活动。那一天，我被外地城市来的作家羞辱了一顿。作家当然不是指着我的鼻子骂，但我觉得这问题确实严重。原因是在安排作家采访点，总是以我们自己的看法认定某个景点的优劣，而将最好的地点呈现。在某个以农业为主的乡镇，却把村庄和溪流改造搞得风生水起，美景叠加。

然而，外地作家到那个地方后嗤之以鼻。这，这哪是农村？不伦不类嘛。

作家手指的地方，是一个溪流整治项目。溪的两岸被混凝土大坝浇筑，岸上加装了扶手栏杆。我们的县报刚刚报道过，记者十分兴奋地写道："啊，青山绿水之间，两道混凝土大堤像是钢铁长城，日日夜夜时时刻刻守护我们的村庄；铁链扶手令人想起杭州西湖，只有大城市才有的配置，偏僻山村的人民终于让自己能够像城里人一样地美好。"

乡村就是乡村，城市就是城市，弄弄清楚哦。那一批作家七嘴八舌的，然后，我们很快离开这个先进典型村庄。我的脸红了，侧转身去装作对窗外的景色感兴趣。因为这个点是我选的。

所以，我在随笔里写道："今天，就是醒来的今天，你沿着公路、铁路，或者溯流江河，你就发现了这个问题。在我的故乡浙东，你随处可见西式的楼房，把原有的中国村庄挤走了，走在杭州郊区的路上，你甚至发现那些千百年盛过中国村庄的土地上，耸立起的是一个个外形极像是哥特式教堂尖顶的别墅，让人误以为到了欧洲某国。"

无独有偶，这些作家看到的情景，在全国各地都存在，特别是经济相对发达地区。

我很容易就看到福建住房和城乡建设网、福建《新闻联播》的一则内容。

美丽乡村怎么建？这些反面案例，让网友们炸开了锅……

第一类：建大亭子、大牌坊、大公园、大广场等"形象工程"，偏离村庄整治重点

顺昌县某村村口填塘改建为草皮大公园

照片里这座公园处在山边。这里原来可能是村里较少的良田之一，现在被铺上了草皮。那草还没有泛绿，是专门的绿化公司铺的，不是农民铺的。农民拔草不铺草。草是农民的世代仇人，农民看到草就拔就锄就用火除之而后快。现在，居然让昔日长稻谷的地方，长成一座草的大公园。

农民很少到城市的草皮公园。这规划设计的，不是农民。

龙文区某历史文化名村修建现代化大广场

照片里大广场由 6 个半圆形池塘组成。广场旁边有低矮传统的民舍，也有可能这里之前也是这些低矮的民舍民居。也许正是这些传统建筑，才能印证历史文化名村的过去。现在，这些过去，被现代化的半圆形池塘代替了。让那些传统的梦，浸泡在水池里，噜噜的呜呜的，哭。

松溪县某村田间修建大广场

照片里的田野有一个铺了石板的大广场。沿着广场一圈，是长长的长廊。在这里能够避开暂时的风雨。但从这里，能够清楚地看到，那些石板缝里探出了绿色的植物"头脑"。嗨，人们不得不佩服生命的顽强。那些是世世代代长在这里的谷物，它们钻出身子，是抗议那些在这里建设广场的败家子孙们。没了田地，你的孙子未来靠什么充饥果腹？

漳浦县某村建大广场

村里广场铺设的红黄相间的混凝土板，一点也不比城市的差。那些昔日在这里满地滚的狗，滚了半天，居然毛上一点也没有土灰和尘埃。只是这是土狗，它们祖宗的祖宗，都习惯了在泥土味十分重的泥地里。现在这样子，让它们惶惑，整个晚上都在叫唤。叫唤是心里的恐惧引起的。狗主人骂了半个晚上，都没有让它闭嘴。狗主人骂累了，先上床睡了。

惠安县某村修建大广场

这个村的广场位置十分优越，是个海景广场。如果这里建房子，就是个海景房。广场有些大，只得在广场的中间设一个绿植区，让那些花花草草点缀一下它的空旷无味。再设一个大屏幕显示器，供那些广场上游玩的村民，在显示器上看一看村委公布的陈芝麻烂谷子的杂事。一个孩子尿急，就学着狗的样子，对着显示器的底座就是一泡热尿。狗撒得，孩子就撒不得？其实，也没有人去阻止和劝说。

沙县某村村口建设大牌坊

大田县某村村口建设大牌坊

仙游县某村新建大牌坊、亭子

松溪县某村用大理石建大亭子

南靖县某村建大牌坊

周宁县某村建设高空玻璃景观栈道

第二类：照搬城市模式，脱离乡村实际

永定区某村采用大片草坪

惠安县某村古民居前水泥过度硬化

龙海市某村建混凝土假山

梅列区某村将原有石砌台阶水泥抹面

东山县某村榕树下水泥过度硬化

第三类：破坏乡村风貌和自然生态

长泰县某农场某作业区溪流填平建设公园绿地

泰宁县某村村口原有池塘填平后新建公园

罗源县某村为传统村落，但选用大理石护栏和铺砖，破坏传统风貌

延平区某村传统宗祠水泥简单抹面、贴瓷砖，破坏传统风貌

福建有关部门将这些内容上网后，网友纷纷评论，为政府敢于曝光自己的不足而叫好。

没有想到的是，网友间形成相反的尖锐对立的评论。有人肯定农村的错误做法，虽然反对方远远大于肯定方。

大部分反对方的观点为：

成龙：到处都是，真正的模仿秀。

雁乐听声：与自然和谐才最美！

张征：失去传统的自然风貌，自然环境复原就难了。

邹羽勇：美丽乡村建设应该尽量就地取材，还原村庄古早的味道，这样接地气才是真正留得住乡愁。

大禹：望得见山，看得见水，记得住乡愁。

Blackbear：乡村应该根据自身定位来布局规划，现在很多地方的建设只是为了把钱用出去，而真正该去重视的最后却走了个过场。以塘东村为例，海岸沙滩古厝是最大亮点，但是几个建设都是破坏性的。比如把老华侨老宅的后花园变成公共广场，建设木栈道时把原本天然礁石海岸面貌破坏殆尽。更好笑的是，在不需要建堤坝的地方建了堤坝，一大片的天然礁石就此消失，被曝光后干脆停建，裸露的钢筋水泥就那样放着，留下了多少安全隐患……专业指导很重要，以目前大部分农村的村干部素养，恐怕难以胜任乡村的再复兴。

闽南：天然去雕饰才是真，千篇一律怎么记住乡愁？

小部分肯定方观点：

初秋：看了那些留言，都是城里人写的，保留部分原始风貌是正确的，但为什么就不能把农村路弄平，阶梯弄平呢？建个适度的广场有什么不好？农村那些旧路是以前没钱将就着，谁不想有路平坦舒适。根本的原因就是城里人和农村人两种理念或观念的冲突。城里人在城市待久腻味了，或者原先农村人进城久了，想念儿时记忆里的农村。就不为农村人想想，向往着城里的生活。

北田：美丽乡村，是谁眼中的美丽乡村？不能单单为了城里人眼中所谓的"美丽"让乡村一直苦下去。建个广场、硬化下路面，美丽了自己的乡村，不应该吗？

网上很热闹，也反映这个时代容许不同观点的存在。

我是坚决地站在批评这些错误做法的一面，有文章为证，依然是那篇随笔。

我在文章里分析它严重的危害性：

> 这种情形使我想起我刚刚去过的北美洲土地。那片原来印第安等土著居民劳动生活了几千年的土地上，不见了原先的村庄，包括一切建筑。在加拿大蒙特尔城，包括它的近郊村庄，一律是法式的，或者是英式的，极具法国和英国文化特质的建筑群落组成的村庄，它们的出现只有上百年，却像钉子一般牢牢地占据了这块肥沃的土地。

> 而随之带来的事实，就是原有土著居民的消亡，甚至一个民族的消亡。这是外来侵略势力造成的结果。他们不仅仅是从武力上征服，更想借以建筑、文化、心理上的征服。上个世纪老牌帝国主义国家——英国，其殖民地遍布世界五大洲，被称为日不落帝国，这日不落中，还有像阳光一样遍洒各地的英式建筑，英式村庄。

这把问题都扯到亡民族亡文化上了。有些尖锐吧。

最近，有个专家写文章认为，虽然双方站在各自立场上各有侧重，但"乡村人不懂城里人"，"不懂城市脉络就去发展乡村"等现象更值得深思。我们要把乡村打造成全社会、全人类共同喜欢的乡村，而不只是乡村人的乡村。

第二节　在这里发出艺术振兴乡村最强音

在宁海举行的两个关于艺术振兴乡村的论坛。艺术家提出的观点，经各级媒体传播报道后，成为全国同一领域的热点和理论制高点。

第一个论坛是中国（宁海）艺术振兴乡村论坛。本次活动由国家艺术基金长三角乡村振兴战略文创设计人才培养项目组、中共宁海县委宣传部共同主办。宁海县委宣传部部长叶秀高主持了这次论坛。

2019 年 7 月 8 日下午，宁海县葛家村，这个千年古村，从未见过如此多的专家学者相聚过。来自全国 14 个省、自治区、直辖市的 20 所知名高校的33 名专家学者齐聚这里，中国（宁海）艺术振兴乡村论坛就在这绿水青山间召开。

从这里发出来的声音，似乎从上千年前传来，有很多传统文化的香，又时尚，带有这个国家有良知的知识分子的味道，这是权威且有良心的味儿。

最强音是宁海县发出的。面对乡村振兴大潮，中共宁海县委副书记李贵军在致辞中介绍，2019 年年初，宁海县借鉴国内外乡村社区营造先进经验，聘请了中国人民大学艺术学院丛志强副教授师生团队，进驻大佳何葛家村，以成功的实践，正式提出"艺术振兴乡村，设计激发活力"理念，探索将艺术设计与农村生产生活相融合，激发村民建设村庄、参与艺术创造的内生动力。

李贵军的话音刚落，全场就响起热烈的掌声。

这一条路，似乎是目前中国乡村振兴中最有效的一条路。参加论坛的专家学者知道，就在论坛举行的上一周，30 支高校艺术团队进驻 30 个村庄，与村民一起，因地制宜地进行整体艺术设计和改造提升。

丛志强是论坛上最受关注的学者。他说，村民是乡村文旅融合与自我更新的主体。但普遍存在的"原子化"现象使得村民的主人翁意识薄弱，没有意识到村庄发展的自身责任，缺乏公共服务，这造成了乡村振兴"干部干、村民看""等、靠、要"等现实问题突出。为了构建"村民主体、共享共建"的新机制、实现乡村振兴的高质量发展目标，赋能村民、激发村民内生动力势在必行。

丛志强接着介绍，从 2019 年 4 月起，在中共浙江省宁海县委县政府的邀请和协助下，他和农发学院副教授黄波带领团队，在宁海县葛家村开展了"设计赋能村民"的实践探索。在实践期间，团队多次进驻葛家村，通过多主体群策、村民全方位参与的融合设计方式，拓展村民能力、激发主人翁意识。该团队引导村民因地制宜、就地取材，利用乡土资源实现了生态宜居的美丽乡村建设，通过挖掘村庄特色文化禀赋打造 3A 级景区，促进了乡村旅游的长效发展。项目实践成效显著，为乡村振兴树立了新样板，为深化农旅融合提供了新模式。

葛家村的实践不同于以往设计师主导、村民被动接受的模式，实现了设计师引导、村民主导的设计新模式。主要参与对象有政府、设计师、村委、村民、政府、专家和媒体。不同参与对象通过不同分工、多方合力，激发村民参与乡村振兴的内生动力，促进了农旅融合发展。这种模式的逻辑主线为：设计赋能村民，激发村民内生动力，培育村民乡建能力，树立村民文化自信，自主推动农旅融合发展。丛志强还以葛家村为例，分享了"设计激发村民内生动力——村民信任关系建立的方法"。

丛志强的发言，引发了专家们的肯定和热议。

热议之一。艺术振兴乡村是乡村振兴最有效的途径之一，不可否认，在全国推广和施行后，会促进中国的乡村振兴，是中国农村农民的福祉。

热议之二。艺术振兴乡村的核心是"设计赋能村民"。在新农村建设中，村民是主人翁。外来的艺术家团队只能赋予村民艺术创造技能，重在启迪民智，且不可越俎代庖。

热议之三。尊重传统，为中国留住乡愁。

热议之四。因地制宜，就地取材，将费用降到最低，坚决反对大拆大建。

热议之五。乡村振兴的落脚点是产业依托，农旅融合发展，让村民和村集体富起来。

热议之六。进驻艺术家的平等意识，是取得乡村艺术改造效果的关键之一。

"乡村振兴需要艺术家的创意，而艺术家同样需要走进农村，去寻找创意及解决问题的灵感。"

国家艺术基金长三角乡村振兴战略文创设计人才培养项目组负责人陈庆军教授接过丛志强的话头说。

陈庆军和与会的高校专家一致认为，艺术振兴乡村关键是激发村民的内生动力，将艺术与农村融为一体。

南昌大学艺术与设计学院专家汤翔燕说，乡村设计没有固有的开发模式和开发理念，只有当品牌介入乡村、设计与资本结合、传统与多元结合等等，乡村的各种可能性才开始萌芽。

青岛科技大学艺术学院产品设计教研室副主任夏琳非常赞同这种说法，她从乡村文创知行合一的角度，阐述了乡村振兴需要用好当地的历史文脉、非遗传承的重要性，并建议通过乡村文创的商品化来增强生命力。

还有一些专家从如何解决乡村振兴同质化严重、更多留住乡愁等方面提出了自己的看法，为艺术振兴乡村出谋划策。

这次成功的论坛，将载入中国乡村振兴的史册。

它为中国如何在乡村振兴中，寻找合适的有效的途径和方法，提供了借鉴和理论准备。

无独有偶，海峡对岸的专家学者，也在关注浙江宁海的这个实践和论坛。在有关部门的促成下，在同月的 14 日，第二届海峡两岸乡村振兴论坛开幕式暨主题峰会在浙江省宁波市宁海县成功举办。中共宁海县委常委会委员、统战部部长娄黛敏具体组织了这次论坛。

论坛以"艺术让两岸乡村更美好"为主题，由《两岸关系》杂志社、海峡两岸乡村振兴论坛组织委员会联合主办，由台湾工商建设研究会、台湾中华青年企业家协会、台湾中华两岸农业交流发展协会、台湾青年创业育成中心协办。海峡两岸关系协会会长张志军、农业农村部办公厅主任广德福、全国台湾同胞投资企业联谊会监事长黄明智、中共宁波市委常委会委员胡军、中共宁海县委书记林坚等近 300 位两岸嘉宾应邀出席活动。

林坚在开幕式的欢迎词中表达了论坛举办地东道主的诚意。他说，宁海是"一带一路"战略的交汇地、浙江大湾区和宁波都市圈建设的桥头堡，发展潜力、投资前景广为看好。近年来，宁海致力于打造"百村美、百业兴、百姓和"的美丽新乡村，成为了浙江省乃至全国乡村振兴的先行区之一。希望通过论坛的互学互鉴，擦出更多思想火花，照亮乡村振兴的探索实践之路，为国家战略的实施提供可复制推广的好经验。

大家对这位"先行区"的干部行注目礼，表示深深的敬意。

张志军在致辞时表示，台湾现代农业起步较早，在农村经济发展、精致农业培育、村里社区治理、乡风文明建设等方面积累了很多经验，值得参考借鉴。大陆辽阔的土地上实施乡村振兴战略，构建现代农业体系，促进农村一二三产业融合发展，也孕育着两岸交流合作的新机遇。

主题峰会。4 位两岸嘉宾的精彩演讲赢得喝彩。他们是台湾中国文化大学教授邱毅、中国人民大学副教授陈炯、台湾屏东科技大学教授段兆麟、中共宁海县委副书记李贵军，他们分别以"深化两岸合作，共同推动艺术振兴乡村工作""艺术振兴乡村途径""农业美学原理在乡村景观管理的应用""艺术点亮乡村振兴梦的宁海实践"为主题。

邱毅说得深入浅出，饶有兴趣。他举例了人类的吃。

第一阶段用肚子吃，要吃得饱。第二阶段用嘴巴吃，要吃得好吃。第三阶段要用眼睛用鼻子吃，要闻着香，要看着美。第四阶段用健康来吃，用身体来吃，也就是我们所说的养生餐。他说，我知道宁海也有所谓的养生大餐。第五阶段用心和感情吃。当你和这个食品有了一个故事以后，感觉这个菜，吃起来就有味道了。吃的时候，有了穿越，与古人相会。吃起来特别有味道，所以，这个菜的附加价值就特别地大。

宁海最大的文化优势就在这里。宁海是全国葛洪后裔聚居地。所以在吃上面有一个以葛洪养生为核心的支撑，这里又是徐霞客进行大地游的开端之地。第二个，宁海也有它景观的优势。宁海有很丰富的资源，也有美丽的景观。宁海的温泉，是全国三大温泉里边非常突出的一个。它的质量，我认为在全中国是排第一的。所以，它大有发展的空间。为国争光得诺贝尔生理学或医学奖的宁波籍人氏屠呦呦，她所使用的青蒿最主要的产地就在宁海。她研制的青蒿素——一种用于治疗疟疾的药物，是受了葛洪《肘后备急方》的启发。这个资源背后的传奇故事就出来了。而所谓的艺术工作，会将这一点发挥得更好。

台湾技术，要融入大陆实际，才能够发挥作用。乡村振兴在两岸融合的过程中，有积极的意义。台湾的技术和大陆的资源结合，就会有奇迹发生。

陈炯在论坛上提出，"乡村建设"不是一个简单的设计问题、美化问题，而是人心凝聚问题、社会和谐问题。

"农村美是乡村振兴追求的境界，主要体现在文化、艺术、景观等方面。"段兆麟认为，艺术是实现乡村美的方式之一，艺术设计过程中要遵循统一、均衡、韵律、比例等美学原则。如乡村废弃物、解说牌、厕所等均可实现美化。段兆麟以村庄石牌坊为例介绍，单块石头立于地面显得单调，周边种上一棵有型大树则显得协调、美观。

在艺术的"唤醒"之下，乡村迎来美的跨越。而在此过程中，发挥地域特色也成为两岸乡村发展的共同追求。陈炯认为，艺术振兴乡村，要以乡村实物为基础，打造在地"IP 文化"。

"乡村景观要符合地域文化特性。"段兆麟也谈及,大陆文化性景观非常多,在用艺术打造乡村方面具有天然的资源优势。

乡村是中华文明的重要载体。乡村振兴热潮中,许多乡村通过就地取材,将中华文明通过艺术形式呈现出来,牢牢锁住了悠悠乡愁。

李贵军以宁海为例,介绍近年来,当地把艺术设计融入美丽乡村建设、传统村落保护中,还根据村庄特色,重点打造了一批书法、诗词、摄影、美术等特色村。

当石头堆成了"彩石画卷",当残旧围墙"变身"多形栅栏,连碍眼的电线杆在竹子的装饰下也显得"田园风"……走进宁海县大佳何镇葛家村,看似朴实的小村庄却四处流露着艺术气息,展现着乡风文明和地域文化。

第三节 葛家村村民登上中国人民大学讲台

袁小仙觉得,这人民大学的课堂,就如她家乡葛家村旁长着茅草的石门溪。

当然,这时石门溪不是春暖花开的时候,两岸的花开了,有野鸭在这里寻爱,嘎嘎地叫。那些花瓣,在柔柔的水里漂呵漂。她以前,常常在这样的水面捞花瓣,然后,放在阳光下晒干了。好久了闻闻都有些香气,扑鼻。

就如石门溪在七八月份,有台风来的时候,那些洪水,轰轰响着,从她面前一闪而过。而她自己,一点思想和感觉都没有。

此刻,她就是这样。这是 2019 年 12 月 12 日,上午。她站在中国人民大学艺术学院的 530 大教室,面对好多的艺术家、教授和学生,她的思想,一片空白。

然后,她面对县里来的李贵军副书记,她信任的丛志强副教授,还有提前一起来路上给她指导的镇宣传委员、副镇长葛斐嫣,因为他们一直在眨眼睛，那眼睛眨得忽闪忽闪的，意思是，你说啊，你说啊，你把你的心里话说出来啊。

心里话是什么呢？她极力抑制住心底那些泡沫，任那些鱼儿，一条，二条，三条，跳出来。

别慌，别慌，跳出来的竟然是这一句话，是娘生前告诉她，人生总有很多的第一次。这第一次，不管是福，还是祸，总要正确地面对。但她觉得，今天是福。这是人生从没有的福。

此刻，她才想起，她是今天这大学讲台的主角。讲台的主角就是老师。老师就是主角，这大课堂的主角。

跳出来的第二句话，就是："各位老师们、各位同学们，大家好！我是葛家村村民袁小仙，我原来是做裁缝的，对做玩具是一窍不通。自丛教授和他的3个学生到我家吃饭后，他总是说怎么去搞艺术，我总是听不进去，因为人家都说他是骗子。"

此刻，她听见偌大的课堂，嘘的一声。暂时分不清这是善意，还是恶意。但她意识到是自己犯了众忌。娘在世时说，善人不揭人短，况且这是在大庭广众之下。后来，她才知道，她面对的是将"实事求是"作为校训的人大校园。实事求是就是广纳谏言、博采众长。当然，她也不懂这两个形容词，只是知道这里是个好话坏话都听得进去的地方。

于是，她慢慢变得不再紧张。

然后，她的话锋一转，说："他一开始叫我学做面粉作品，我说：'面粉也能做作品？'他很自信的样子，还说要把我家庭院也搞得很漂亮，我问他：'用什么东西搞呀，用毛竹哪有什么好看的？'"

接下来，她马上说自己遭受了一个小小挫折，原因是所做的艺术品，被村民嫌弃。所以，很难受。那时候的丛教授心里也不好受。可是，这时候的丛教授与他的学生（还有村里的第一书记王荣恩）鼓励她去学习，去做更多的艺术品。这让她进步很快。她后来想，受了挫折才知道学习的重要性。天下的人，都是从跌倒学会走路的。

然后，她指着排列在教室旁边的布绒玩具说："这些都是我的作品，大家喜欢，尽可拿走。"最后她说："感谢丛教授，改变了我人生，改变了我的家。"

大教室发出热烈的掌声。她从一边走出教室门去，最后看了一眼她的作品。她在来京之前，本想带一些土特产给老师学生们尝尝，却没有，只是拼了命做这些作品，好几天，抢做了这些作品。她的老公这次也来了，带来了他亲手制作的竹制灯具、茶杯。教室里，另一个村民上了讲台。

葛家村村民、村监会主任葛万永正在门外，看见她出来，也问，怎么样？还好不？袁小仙不住地点头，好好。但脸上掩不住的红晕，那是激动和害羞。

葛万永是第一个走上讲台的。他主动与袁小仙说起，他刚才比她更为紧张。袁小仙说："我连小学也没有毕业，你总是读过初中的。"葛万永笑着说："我们，都上了大学讲台了。"

葛万永的紧张不是袁小仙的紧张。他从 1981 年初中毕业后，就出门做了泥水匠，去东北、上海、奉化、宁波的建筑工地上干了二十多年活儿，近年才回到村里，算是见多识广了。可是由于这些见识，才意识到人大讲台，不是像他这样学历的人轻易能够上的。

面对大教室 200 左右的学生、老师、媒体人员，葛万永的紧张是空前的。可是，当他讲了四五句话后，就渐渐不再慌张。他事后也非常诧异自己，这变得沉稳的底气从何而来？

他在台上以通俗的语言讲述，却是全篇带了逻辑推理特点。他先是推出丛教授的观点："你这个院子打造完了之后一定很漂亮的，比你的房子还值钱。"然后，他用了一个反证法：对丛教授设计的方案将信将疑，为了打造这个叫作"桂语茶院"的院子不至于失败了造成太多损失，他千方百计节省成本而就地取材，小石头去溪里捡，毛竹去山上砍，还有瓦片、石磨、废旧轮胎都是家里有的。三四天就打造好了，自己看看还蛮新鲜，却是没有引起太多人的关注，他也以为改造失败了。想不到，一个月后，来观看的客人一拨又一拨，全国各地都有，都说漂亮，有艺术感。他才彻底信服了丛教授。不仅如此，好多方面也发生了变化：在丛教授指导下变得美的院子，还改变了家里人的卫生习惯。他的爱人原来隔三差五地扫院子，现在每天清扫；丛教授第二次来村时，他当了一个组的组长，带领大家共同打造了桂王院、玉兰院、四君子院等艺术共享空间。组里年龄最大的70多岁，最小的50多岁，都是村民，身上都有了艺术创造能力，后来都获得了乡建艺术家的称号，得到了证书。最后的结论是："我将继续带领团队深造，打造更加美丽、更加漂亮，变成最适合人们居住的村庄。现在我们葛家村村民干劲儿非常足，希望人民大学继续支持我们。"

村民葛品高是第三个走上讲台的。他是葛家村村民，也是村干部，也是村里乡贤。葛品高毕业于山东医学院中医学院，取得中药师资格。他的学历高于前边两位，所讲述的就不一样。他首先感谢丛教授启发他的艺术细胞和施工中的指导，让他学会乡村艺术设计的许多宝贵经验。再用小故事形式说，这也是一个比较好的形式。

在场的听众，首先对他所提的启发艺术细胞感兴趣，再有对他的故事形式感兴趣。

原来他说的启发，是寄托于他所讲的故事里边的。

那是在外面下大雨，而自己的老宅在下小雨的氛围里展开的故事。他当时找到丛教授，问他面对老宅有什么想法或有什么好的设计方案。两人探讨了半天设计出一个私人藏酒馆，叫作酒香别苑。后来改为酒吧。有了丽江和西塘的情怀，定性为老屋酒吧。三个目的：一、保护老房子。二、让村里年轻人回家有聊天聚会的地方。三、让村民知道这样的房子也能赚钱，还可以保护老房子。

酒吧的名称为仙人掌酒吧，是由于老屋的雨披之上养殖了与酒吧主人同样年龄的仙人掌。

这个酒吧赚钱。在创办的 2019 年国庆期间，每天有收入上万，平日里六七千。

书吧也一样受到丛教授的启发，想给村里的孩子们一个静下来坐着看看书的地方，也尽一个村干部的责任。

这些故事，他以前讲给好多人听了。现在在场的师生听了，仍然有新意。

最后一个上讲台的是葛家村支书葛海峰。葛海峰上讲台的第一件事就是，默默向参加今天公开课的人大领导郑水泉（人大党委副书记）、张淳（艺术学院党委书记）等致礼。在亮明自己身份后，一一感谢台下就座的宁海县委副书记李贵军和曾经来葛家村进行艺术振兴乡村和融合设计的丛志强副教授及他带领的研究生赵宏伊、张振馨、张莉苑。然后，他再扫了一眼他的村民葛万永、葛运大、葛诗富、葛品高、葛国青、袁小仙、葛能亚、葛太峰。其实，他还看了一眼县里来的干部：金伟跃、李文斌、葛民越、章伟银、陈云松、葛斐嫣、蒋安定和新闻媒体的记者。最后，他把目光投向更大的教室范围。教室里的师生都感受到他目光里的暖意。

所以，当他感谢完，正式讲话时，有一个短暂的停顿。这个停顿时刻非常地完美。

葛海峰的这个开头礼节，符合浙江当下一个支书的身份。既充满敬意，又不卑不亢。

艺高人胆大嘛。事后，有人开葛海峰的玩笑。葛海峰却一本正经地说，如果有艺，也是丛教授给予的。开玩笑的人就不再笑。

事后，我看过这次活动的方案。它被称为"宁海葛家村村民人大感恩之旅、汇报之行"。

葛海峰的一句话，让媒体广为传播。

"没有人民大学师生们用艺术'点亮'我们，就没有葛家村的今天！"

其实，葛海峰是代表被开启了艺术智慧的农民，在这里向他们的恩师感恩和致敬。

葛海峰的课讲完以后，这些村民与艺术学院的学生进行互动。这个互动是艺术的。学生问，村民答。有村民在现场用竹丝编制艺术台灯，引来好多羡慕的目光。村民在竹丝上跳动的手指，仿佛是画笔。一丝一笔。丝是美的，笔是美的。

艺术学院党委书记张淳讲话。张淳提到，人民大学自陕北公学时期开始，始终与党、民族、人民紧密联系在一起，目前艺术正在逐步进入寻常百姓家。乡村艺术家就是这场艺术运动的主体。

人大党委副书记郑永泉讲话。他说，农民走上讲台，这在中国人民大学历史上还是第一次。人民大学成立至今，受到社会各方面的支持，人大师生要怀感恩之心参与到乡村发展进程中，推动乡村振兴伟大事业不断前进。

包括公开课之前的丛志强副教授介绍情况，李贵军副书记介绍活动缘起，黄波教授谈及简单的感受，都不是这次公开课主角。

在艺术学院讲学，一般讲的是有关艺术的理论和技巧，而这些村民，讲的是亲身经历，讲的是艺术实践，讲的是创造的灵性与快乐，和成功的不同途径。

只有以人民大学艺术学院这样的情怀，才有葛家村的成功实践。

人民大学艺术学院还用自己的成功实践告诉世人，中国的农民是世界上最具智慧的农民。他们身上改造世界、让世界变得美好的欲望和能力，是巨大的，不容忽视的。关键在于启迪。

这正与中共浙江省宁海县委、县政府以艺术振兴乡村的想法高度吻合，不谋而合。

尾 声

艺术谷的明天

艺术谷是滕安达提出的。他是现任中共宁海县委副书记、县长。

艺术谷在哪里？我在采访大佳何葛家村的近一个月时间里，每天驾车在这块土地上。

首先得有地球东方的概念。浩瀚的太平洋向西向西，就是碧波荡漾的东海。在一片海鸥飞翔、船舶众多的地方上岸，就是一座挺拔的群山。这里就是天下闻名的盖苍山。盖苍山为中国浙江省宁海县东部的主要山脉。主山峰磨注峰 872.6 米，是宁海县东北部的最高山脉。自古就出产茶叶，故又称为茶山。

其次，得有我汽车轮胎的概念。我的汽车轮子没有特别，特别的是我轮子下面这一块神奇的土地。那就是茶山北麓，一个仙境般的山岙，称为莘东岙（石门岙）。

你这里随便抓一把空气，都被大城市视作珍宝。你这里俯下身去，随便掬一捧，都是甜美的山泉。你就当心手心里有没有小小蝌蚪在游动，别喝进肚子里去吧。

放眼四周，山岙里有笔岩尖山、飞凤山、雷云潭。看上去有些矮，其实海拔都在 500 米以上，就如站在巨人肩膀上的侏儒。一条大溪石门溪，亮亮地穿过。那些夜半到梦里的流水声，那些山岙间的雾气、水汽，都是从它身上散发的。

这个山旮旯就散落着葛家村、毛洋村、胡家村 3 个行政村，包括了 10 个自然村。

眼下，它依然十分静寂，这种氛围带着甜美。它的明天呢？

我在 2020 年 4 月 22 日采访滕安达时，他还是代县长。一个月后的县"两会"期间，他被人大代表选举为县长。

滕安达是 2019 年 10 月 29 日被提名为县长候选人的，自外地来宁海工作时间不长，却在我采访日之前，去了大佳何镇的葛家村调研蹲点三次。每一次，他都有新的收获。他观察到，当地的村民，由原来的观望被动，到目前的主动积极，充满了成就感、自豪感，这个变化是艺术家下村带来的。

他与同志们一起思考，光是葛家村一个点，尽管光鲜亮丽，但一枝独秀不是春。那么，有没有复制的可能？很难。他想，这里，需要有情怀的人，即拥有艺术振兴乡村工作情怀的人。这里指驻村艺术家，又指村民，包括镇村干部。它的周边就具有这样的条件。在这里复制打造，就容易多了。这是身边的榜样作用，或者身边的典型引导。如此，以后大面积推广，就有了很多经验意义上的作用。

在采访了滕安达以后，我的汽车轮子就一直在这块土地上行驶。

我做了一个深呼吸。其实在这里不需要深呼吸，因为，每一分，每一秒，它都保持空气中负氧离子的最佳系数。我的深呼吸是为脑子的更高速运转服务的。我后来询问了心理学专家。专家说，你这是下意识，是为你的后续动作做准备，比如人在潜水前，得猛吸一口气。

我释然。我为自己的下意识感觉高兴。

因为我站在未来的艺术谷中。

这个艺术谷的打造，宁海县仍然选择了中国人民大学艺术学院，来这里实施的领头人仍然是副教授丛志强。几天前，我就从他那里，得知了有一个"宁海艺术谷发展思路建议"，我如获至宝，并从他为我悄悄打开的门缝中，窥见了艺术谷不同一般的美丽明天。

指导思想就不一般。

坚持"艺术振兴乡村、设计激发动力"的核心诉求，借助宁海乡村振兴汇聚的高校和驻村艺术家资源，把"艺术谷"建设成为中国乡村振兴策源地，"乡村文化客厅、国际文化地标、艺术交流平台、农文旅产业基地"，充分体现"综合性、互动性、效益性、可持续性"的四项要求，全面提升宁海的区域魅力和文化竞争力。

看看项目定位：

中国唯一的乡村主题文化艺术社区；

中国当代乡村艺术策源地；

国家文化部的文化示范产业基地；

国家建设部新城镇建设的示范性基地；

国家旅游局示范性的 AAAA 级旅游景区。

可以想象，我这里的想象还加上了建议目标。艺术谷里的人群，可以常见的是，高校乡村艺术馆（约 40 个）与驻村艺术家；长住居民、农民艺术家（4000 余位）；旅居或短居的各国画家、艺术家及访问学者；邀请讲学和讲座的世界级著名的文化艺术大师、学者及艺术家；投资者、艺术家、国际游客等；来"艺术谷"创作和学习的国内外数千位青年画家、艺术家；数以万计的文化艺术受训及考级的学生、研究生和博士生；数以百万计的文化艺术观光、休闲度假游客。

建设的规模有些大。艺术谷项目以葛家村、毛洋村、胡家村村域为核心区，在不改变土地性质的前提下，针对不同人群、不同功能和不同的现状基础，以群落和田园理念布局形成艺术家村落。除严格保护传统民居建筑外，仍然保持村落街道、农田肌理的延续，空间尺度的协调，以及周边自然风貌的原生态，并使之融合成为基地重要的识别符号。项目需另占地 200 亩，建设大型文化艺术展示、研究、创作、学习、交流等设施，以及其他辅助设施，总建筑面积为 30 万平方米，投资额 60 亿元。

采访滕安达时，他认为，艺术谷不仅仅是文化作品或其纯粹的艺术教化，它的一个重要功能，即它的"造富"作用。让这里的百姓富起来，并增加"经营性"集体经济收入，化一捧清水为源头活水。

按它建设的途径与所达到的功效，与滕安达的理想要求比较吻合。

政府收购宅基地，重点引入和建设高端原创工作室，通过院落的生长、组合造就功能聚落；通过功能聚落生长、组合构成群落；群落的生长、组合构成完整产业基地。

艺术谷将通过完备交流、创作、交易、展示、艺术培训等各项功能，成为具有完整产业链条的文化艺术产业集群基地。包括：①以 40 个高校乡村艺术馆展区和世界乡村艺术馆区为龙头的展示区域；②以驻村艺术家、各种主题艺术村为主的创作基地，包括艺术家村、雕塑村、陶艺村、音乐家村、作家写作营、动漫艺术村、生肖艺术创作基地、宗教艺术创研基地；③艺术品交易街区和基地；④艺术培训基地；⑤休闲街区、自然生态景区；⑥艺术交流和公共活动区域，包括民宿、演艺中心等。它将是集文化艺术（产、学、研、交易）、文化艺术度假（观光、休闲与度假）、居住（置业、旅居）等于一身的新功能区和全新的社区业态。

首先，艺术谷将立足于自身发展的高度，充分整合所掌握的艺术资源，培养一批国际知名策展人和艺术家，发现并推出具有潜质的年轻艺术家。将其引入到项目的各种形式的艺术村内来创作和交流，发挥团体的力量，取得"走出去"的主导权。其次，以资本整合的方式，成立艺术基金会，在国际市场上购买表现中国文化主体价值观的作品，推出中国本土艺术大家并使之在国际上产生影响，主动选择中外符合中国文化价值观的艺术家和作品。再次，打造高水准的艺术媒体，打造中国艺术发展的评价体系。

　　纵观中外以艺术名义进行的所谓打造，或者改造，它们的成败得失中，有一个令人深思的东西。即新的出现了，旧的消失了。这一点，艺术谷的建议方案里有清醒的认识。

　　丛志强他们认为，活化展现中国本土文化和生存状态，包括乡土风貌、乡村社区和原生态的产业系统。乡土风貌和文化生态是文化传承的重要内容，也是宜居生态社区的魅力和灵魂。实现对现有乡土风貌生态的保护和活化，遵循大自然的山水地势脉络和社会肌理，营造乡村社区以吸引艺术家常驻、复兴乡村文化，保留完整的产业生态链，通过历史记忆的表达与再现、民风民俗的呈现与展示、本土文化的传播与推广，构成乡村的个性与品格。

　　艺术谷是一个系统工程，是文化艺术和产业的集成，需要品牌支撑。我在建议方案里看到，它的品牌定位为：现代中国的文明脉动，宁海艺术谷、文化策源地、世界交汇点。

　　前者是品牌的灵魂，后三者为品牌的范畴与相对功能。这个定位我很喜欢。既然是品牌，就具有其特有性、价值性、长期性、认知性。

　　品牌建设的目标，是将艺术谷与宁海县整体价值提升起来，两者相辅相成。艺术谷成为全国著名场所后，就有其稀有性；它形成的积极价值要素，就具有社会性；它的启迪功能，就具有公众性。这都是品牌推广中的有利因素。

　　而建议者提出的树立全国性品牌与无竞争性门槛一说，看似与宁海县委县政府提出在艺术谷成功之后将在全县推广的意见相左，其实不然。因为文学艺术讲究独特性。独特性是一切艺术作品成功的前提之一。这一点，恰好与县委书记林坚于 2019 年 4 月 1 日在县委农村工作会议上提到的一致。林坚在肯定葛家村等地艺术振兴乡村的成功后，特别指出，"切忌千村一面，简单地复制粘贴、照搬照抄，艺术是创作不是抄袭"。这种品牌的独特性，恰恰是在今后艺术振兴乡村中防止同质化的有力保证。以后，推广艺术谷的成功经验，不是乡村形式的复制，而是其创新精神和工作措施经验的复制。

品牌的发展路径为：依托艺术产业集群；推进地理标志产品；依托全域旅游目的地；社区支持农业。

还有成立乡村振兴学院的建议；对于艺术发展模式的建议；艺术谷空间聚落发展的建议。

艺术谷的营销体系建议更是扎实细致。它分为国际性话题事件，社会话语营销，文化语境营销，创意调性营销，社区模式营销，旅游培植营销。且每一个营销均有具体指向。

项目启动期的营销计划更是令人眼界大开。

这个阶段的营销主题：中国、当代、乡土。

一是中国宁海·国际乡村艺术节。通过联合展览、论坛，以空间、建筑、美学、生活为线索，借助国际性与社会营销事件，提升宁海艺术谷价值与宁海区域品牌的全国性影响。以部委和高校为发起单位，以国际名流的影响力共同倡导推进艺术节工作，更重要的是，通过国际名流提升宁海艺术谷的价值。

二是中国—当代—乡土·艺术谷国际首届雕塑节。以"中国—当代—乡土"为主题，紧扣宁海艺术谷"文化策源地、世界交汇点"的宗旨，凸显艺术谷地域气质，形成永久性场所艺术与旅游要素。

组织步骤：利用艺术谷现有公共场所，进行首届雕塑节场所规划与总图控制；以 40 个高校名义联合主办，邀请著名艺术策展人策展；邀请 10 个国家的数十名艺术家汇聚艺术谷，进行互动与新闻发布；以"中国—当代—乡土"为题材进行创作，作品将永久性驻留艺术谷；新闻媒体、专业艺术杂志、大众文化、时尚等媒体策略运用；目标客户传播策略运用；雕塑图片集。

三是中国—当代—乡土·当代民谣节。强化艺术谷"心灵归属乡村"的基调，通过中国当代城市民谣，把艺术谷诉求进行大众文化语言转换，并转接艺术谷文化村乡村属性、品质调性与民谣语境之间内在的联想。在大众层面传播与倡导"宁海艺术谷"品牌与生活美学。

　　四是"我们都是艺术家"创意设计竞赛。通过强势媒体与网络，召集全民参与的创意集市街区个性商品大奖赛；评比全国最有创意个性的生活概念商店、生活商店经营者、设计工作室和文创产品。通过大赛营销，传播艺术谷创意基地品牌，促进品牌营销与招商策略；强调艺术谷生活配套与时尚属性的连接，吸引眼球、聚集人气、促动价值提升。

　　五是"是谁生活在乡村"共同创作的传说。通过作家、艺术家、收藏家、居民共同创作的传说，文明史、生活史、心灵史的演艺模式，描述新生活模式的诞生、生活场景、动态文化互补、多元的艺术活动，增加乡村生活的休闲、度假、自然、养生的片段记录。

　　六是"是谁生活在乡村"国际新媒体文献展。乡村需要触摸，才能感觉到温度。影像艺术、综合材料艺术以及数码摄影、电脑动画、声音、表演和网络艺术等新媒体的兴起，带来时代背景下新的审美感知，也见证了乡村艺术的整合性、本土性以及多元化。关注乡村文化与当代艺术的互动关系，强调大众性和互动性，以期激发公众对艺术尤其是新的艺术形式的兴趣和热情。在一定程度上，这也是公众效应的一种体现。

　　七是艺术谷国际艺术家驻留计划。以工作室形式，定期邀请国内外知名艺术家数名，进行艺术生产、交流和展览，使得艺术谷成为浙东艺术活动的一个重要基地。

　　此项目强调在地化、脉络敏感度、与小区结合等3个重点，包含艺术家对于在地的拜访、议题研究到发展作品的在地制作之过程。这种艺术生产模式下是一连串的相遇、参与、对话、建立关系，甚至是引起争议，这个过程成为其核心价值。作品与乡村有着深刻而多面向的联结，甚至直接是乡村的一些相关议题。

　　八是四十高校新媒体创作大赛。计划针对21岁以下中国的青少年（包括香港和澳门地区），尤其是大中专学生特别推出。这个年龄正经历摸索的阶段，对未来却充满创意想象，艺术谷以此计划来鼓励年轻人投身新媒体的创作。

我的汽车轮子，停在未来的艺术谷。

这是一个艺术家团队的建议。但这个团队以"融合设计"为其基本思路。那么，也体现了农民的理想和意愿。如果将整个设计建议比喻为一只即将展翅翱翔的大鹏鸟，那么，其中一只翅膀是外来的艺术家团队，另一只则是本地农民。

我看看天，天上正有乱云在飞过，云的背景上蓝天特别地蓝；看看周围的山，那些看上去有些矮，实际上好高的山峰；看看石门溪上的水，无声无息的，我在想，她在晚上如何进入人的梦乡？

我此刻想得最多的是，现在宁海县的村容村貌大变，农民的精神状态焕然一新。

心，变得富有了。

艺术谷的明天，让农民的心更为富有，这是我关心的最大话题。

这是新时代中国农民的样子。

（2020.4.13—6.10 南书房）